自分をどう愛するか〈生き方編〉

自分づくり

それぞれの〝私〟にある16の方法

〜新装版〜

遠藤周作

青春出版社

はじめに

この本をぼくは自らの人生に満足している人に読んでもらおうとは思わない。毎日の生活に充足感を持っている人に読んでもらおうとも思わない。

たとえば、毎日が充たされぬ人、自分に劣等感を持っている人、友だちのいない人、さむい下宿で孤独な人、そういう人に読んでもらいたいのだ。ほんの少しだけでも生きる智慧(ちえ)をふきこむことができたら、と思うからだ。

読んでもらったら本棚のどこかに放り込んでおいて結構。しかし、眠れぬ夜、寂しくなった雨の日、それをもう一度とり出して開いてみてくれたまえ。ひょっとすると、この小さな本があなたの役に立つかもしれぬから。

遠藤周作

自分づくり

目次

口絵写真／稲井 勲

1 あなたが気づかないあなた

われわれの生活の中には、いままでの日常生活とは違ったところへポンとほうり出されてしまうときがある。そのときですよ、いままで日常の生活では気がつかなかった人生というものが顔を見せてくれるのは……。

苦しみの愛し方

一昨年の八月末に、『自分をどう愛するか』という題名の本を出しました。その本の表紙に「生活編」と入れたんです。そしてこの第二集は「人生編」としてまとめました。

ぼくは、生活と人生とは違うんだ、という考えをもっている。ですから、第一集の大部分はハウ・ツウ・リブ。つまり、実際の生活の中で、どう対処したらよいのかという生活術の知恵を述べたつもりです。だから「生活編」とした。

生活というのはわれわれの日常の大半を占めているけれども、毎日の生活の中で、普通の人はあまり人生というものを考えたりする暇がない。

毎日、仕事に追われ、同僚と一杯飲み、うちへ帰ったらテレビを見たり、子どもと遊んだりする日常生活。オレはいったい何のために生きているのか、オレの人生はどういう意味があるのか、というようなことをみんな考えない。そういうことを考えてしまうと、生活にブレーキがかかる場合があるんです。

また人生とは何かということを考えてすぐ回答が得られるわけではない。だから、われわれは人生とは何か、人生の意味について思うことを、毎日毎日先に延ばして、いつか年をとったとき、改めて考えようという気持ちになっているのが、大多数の人じゃないかと思う。

しかし、われわれの生活の中には、ときどきその生活のベースが崩れてしまうようなときがある。たとえば、自分自身が病気になって入院したり、肉親の不幸に遭ったりすることがあるはずです。そういうとき、いままでの日常生活とは違ったところへポンとほうり出されてしまう。

あなたが非常に重い病気になったとしよう。いままで働いていた会社から長期休暇をとったり、学校を休学して入院しなくてはならない。そんなとき、病気の中で初めて、生活から離れて、オレの人生っていったいどういう意味があったんだろうか、と考えざるをえない状況に立たされるわけです。そのときですよ、いままで日常の生活では気がつかなかった人生というものが顔を見せてくれるのは……。

人生というものは、実際の生活の中に隠されているものともいえるし、人生の上に生活が覆いかぶさっているともいえる。だから、人生は日常の生活の中ではたいへん見えにくい。ぼくが生活と人生は違うものだというのは、人の一生を考えるとき、この二つの視点が必要なのではないか、と思うからです。

不幸を呼び込んでしまう自分のクセ

そんな区別などしなくてもいいじゃないか、と思う人もいるかもしれない。そういう人のために、一つの例をあげてみましょう。

ここに一人の娘がいる、彼女はある男性を愛してしまう。が、その男はやがて大病を患い、あと五、六年の寿命しかないと診断されていたとする。あえて、その男と結婚すれば不幸になる、と周りの人に彼女はいわれるでしょう。

「あの男性と結婚したいというあなたの気持ちはわかるけど、彼と一緒になれば、あなたは妻としてではなく、看護人として生きていかなければならない」

と忠告されるかもしれない。そのとき彼女は、彼を選ぶか、それとも、いわゆる世間的な幸せを選ぶか、という岐路に立たされるだろう。実はこの状況というのは、彼女にとっては、人生を選ぶか、あるいは生活を選ぶかということなんです。

病気の彼を選ぶというのは、人生を選ぶことといえるし、彼と別れて、健康な男性と結婚するということは、生活を選ぶことを意味している。このような岐路に立たされる若い男女というのは、世間には大勢いると思う。

ですから、われわれが生きていく中には人生と生活のどちらを選ぶか、という二者択一の岐路にたびたび立たされることがある。そういう意味からしても、生活と人生は違うということが、おわかりいただけると思う。

また、人との交わり、つき合いにも生活と人生の二面があると思う。妻や子ども、両親というのは、共に人生を歩んでいるわけだけれども、会社の上司、同僚というのは生活の場で共に生きているわけでしょう。

初めて他人と出会い、それがだんだん親しくなり、人生を語り合うようになる。これは誰でもが経験することです。お互いが心を開いて話し合える親友というのは、つき合いの質が生活レベルから人生のレベルになっていくことを意味している。

たとえば、ぼくのところにはたくさんの出版社の編集者が来てくれるけど、はじめはだいたいは生活的交流です。が、それを10年も20年も続けているうちに、人生のつき合いが生まれてくる。この間、ある出版社の出版部長が亡くなった。ゴルフ場でショットを打った瞬間、心臓発作で倒れたときいているけど、彼も長い間ぼくの担当だった。もう20年前からのつき合いになる。初めは作家対編集者の関係だったけど、七、八年ぐらいすると、これが人間対人間のつき合いに変わってきた。

素人劇団「樹座（きざ）」で彼と一緒に芝居をしたり、人生上の悩みでぼくのところへ来て相談したりしていた。これは作家対編集者という生活上のつき合いから、人生的交流にまで深まったということです。そういう人との交わりというのは誰でも経験するものだと思う。

このように、人間関係の中でも、生活上のつき合い、人生上のつき合いの二面があるということです。

"X"の選び方

いままで述べてきたことから、生活と人生というのは、生き方のうえからも、つき合いの面でも、違うということがおわかりいただけたと思う。

それでは、生活と人生とはピッタリと合わさることはできないのか、という問題になる。ここに、生活と人生をピッタリ一致させた人の実例をあげ、合わせて人生の意味を問うことにしたい。

先日、新聞を読んでいたら、ぼくのたいへん尊敬していたお医者さんが亡くなったことが出ていました。この方は大阪府の済生会吹田病院院長で内野滋(しげし)先生(享年76歳)とおっしゃる方です。ぼくが内野先生の名前を知ったのはいまから数年前のこと。やはり同じように朝刊を読んでいたら「人」という囲みの欄に紹介されていたからです。

この方は、昭和27年に血尿が出て、膀胱(ぼうこう)ガンと診断されました。46歳の働き盛りで人生の岐路に立たされたのです。というのは、膀胱を摘出し、人工膀胱を体外にぶらさげる不自由を我慢すれば、膀胱ガンは根治する。が、その手術をうければ、医師としての仕事は無理になってしまう。

彼は医者として、患者たちを診なくちゃいけない義務、使命感を選んだ結果、この手術を拒否したわけです。つまり、手術をして生活を選ぶかわりに、苦痛、強靭な精神力を要求される困難な人生の世界に入っていったんです。

内野先生は根治する手術を棄て、尿管から膀胱鏡と電気メスを入れ、ガン腫瘍を焼いてしまう焼灼手術を選んだ。これはたいへん痛みを伴う方法なんです。が、この方法は一時的に腫瘍を焼くだけですから、再発するんです。彼は再発するたびに、自分が院長をしている病院ではなく、別の病院に行って、「文字通り生身を切り裂かれる」激痛に耐え、戻ってきては患者の治療にあたっていたといいます。

彼がガンになってから30年間、実に90回以上にわたって、再発し、その度に激痛を伴う焼灼手術をしたのです。二時間ぐらいじーっとその痛みに耐えたあと、自分の病院に戻り、同じガン患者を診ていたというわけです。

彼は生活を選ぶかわりに、人生を選んでしまった。三年ほど前に、ガンの恐怖と闘っている人々のために『百病息災』を自費出版し、自分の病状をあきらかにし、ガンと戦う心構え、闘病の日々を綴った。彼の病院のガン患者たちは、院長もガンと知って驚くと同時に、何ともいえない連帯感を持ち始めたといいます。ガンという強敵に対し、それこそ患者と医者とがしっかり手を握り合っていったわけです。

ぼくはこの話を知って、たいへん感動して、その後、何か機会があれば内野先生にお目にかかりたいと思っていた。

いまから三年前、テレビの「トーク&トーク」という番組のホスト役をしていたとき、内野先生を招いてお話をきく機会をえることができたんです。想像していた通り温厚で立派なお医者様でした。そのとき、いくつか感銘深い言葉をいわれた。

「私は病気（膀胱ガン）をした。が、これは医者にとって勲章だと思っています。病気をすることによって、患者の辛さというものがよくわかったからです。また、自分はどなたかが亡くなったあとで、ゴルフの話をしているような医者になりたくはありません。そして死亡診断書を書くとき、心から合掌しながら書くような医者でありたいと思っています。自分の病院の入院患者が亡くなったとき、その方が自分の担当でなくても必ずそこに立ち合うようにしている」

これらの言葉は、彼から何気なく洩れたんですけれど、非常に感銘を受けました。

彼は膀胱を摘出してしまえば、ガンから解放され、ひょっとしたらもっと生きられたかもしれない。しかし、彼は患者のためにあえてそれを拒絶して、つらい焼灼手術をくりかえした。

そのかわり、彼はものすごく節制して、患者のために自分の命が一日でも長からんことに努力したんです。人生を選んだために90回以上も辛い思いを耐え抜いた。しかし、その辛いことを選ぶことで、彼は自分の患者と人間的な連帯感を結ぶことができたんです。

彼の死亡記事を読むと、「しんどい」と家族に訴えて入院したそうですけれど、亡くなる一週間ほど前から意識が混濁し、「人につくせ、人につくせ」「ありがとう、ありがとう」といっていたそうです。

このような人というのが、ぼくは生活と人生を一致させた人だと思うんです。若い読者諸君の中には、これから生活と人生との岐路に立たされることがあるかもしれない。ぼくは生活を選んだからいけない、とはいわない。生活を選ばなくちゃいけないときがあります。かりに、ぼくに娘がいて、先ほどいったような病人の男を愛してしまったら、親としてはやめろというかもしれない。生活を選べというかもしれない。だから、生活を選ぶことは決して間違っているとは思わない。ただ、その生活の奥に人生があること、人生というものがときとして、いや、しばしば人間を高めるということは決して決して忘れないでもらいたい。

2 自分に対しどんな愛し方をしているか

「人間は自立せねばいけない。自立した人が偉い人間だ」というふうに、小学校のころからいわれてきたと思うけど、ぼくはまったく正反対だと思う。

自分の心に爆発が起こる瞬間

人間関係というのは、歳をとるほどつき合いも多くなってきて、一口ではいいつくせないほどに広がってくる。だが、大別すると、生活上のつき合い、人生上のつき合いに分類できるのではないか。

あなたたちの周りにもたくさんの友人、知人がいるでしょう。学校にいるときは、クラスメイトや先生、会社に入れば同僚、先輩、上司と、そのつき合いの幅も人脈も増えていきます。そして、生活の場を中心として、さまざまな人間関係を形成していくわけです。

しかし、その大部分はいわゆる「社会的関係」といえる。これはどういうことかというと、同じ会社の人とか、取引先の相手というのは、共通した生活の基盤、あるいは利益と結びついている人間関係になっている。

はっきりいえば、これらの人たちはあなたにとって社会的な関係であり、組織の中での人間関係になっている。そういう関係というのは本当の人間関係とは違うというのはわかるでしょう。

だからあなたは、こんな経験をしたことはないだろうか。たとえば、10回会っても20回会っても、毎日のように会っていても、あなたの心の上に何の影響力も与えない人がいるでしょう。たとえば彼と会社の帰りに一緒に酒を飲みに行き、世間話や会社の不平不満をいい合って、他人から見るといかにも親しそうに映るけど、お互いの心の中で、

「この人は自分の心の上に何の痕跡も残さないだろうし、精神的に何の影響も受け

ていない」

と思っている人がいるんじゃないかな。彼はあなたにとって、会社の中では役に立ったり、便利だったり、手を握ってさえいればいいというような気持ちがあるかもしれないけど、精神的には何の影響も受けていない。

こういう相手は生活上の友だちです。が、人生上の相手ではないということは、あなたが一番よく知っているはずです。

人生上のつき合いというのは、そうではなくて、たった一回しか会ったことのない人のことでも、どうしても忘れられないという感情が伴います。これは必ずしも異性のことをいっているのとは違う。

あるいは、いままで一回も会ったことがない人でもよいのです。つまり、その人の書いたもの、創った作品――絵、音楽、映画など――を通して、自分の心に深い印象を刻み、生涯忘れられないと思われる人がいるでしょう。

あるときは自分の人生を支え、人生の目、生きる哲学さえも彼から奪うことができる。このように、あなたの人生に強いインパクトを残すような人を人生上の相手ということができる。

だから、生活上の相手と人生上の相手というのは、根本的に違うのだ、ということは知っておく必要があるんです。

ウソと関わった不幸

「人間」という言葉は、「人」＋「間」と書く。昔の人は、人が社会的な存在として成立するためには、「人」のほかに「間」がなくてはいけないことを知っていたから、人間という単語を作ったのだと思う。

「間」という字は、英語でいうと「ビトウィン」(between) です。この言葉には関係という意味もある。だから、人間にとって大切なことは人と人との「関係」といえる。

だからあなたが、今日まで耳にタコができるほどきいている教訓に、「人間は自立せねばいけない。自立した人が偉い人間だ」というふうに、小学校のころからいわれてきたと思うけど、ぼくはまったく正反対だと思う。「自立する」ということは人間にとって不可能なんです。自らの力だけで立つなんてことはありえない。

自分が人間として存在するためには、リレーション（関係）がいつもあるということです。しかし、この関係には二種類あって、生活上の関係と人生上の関係があるということは、いままで述べてきたことでわかったでしょう。

あなたの周りにも、生活上の関係をもっている友だちや知人というのは、たくさんいるはずです。しかし、彼らは生活環境が変わり、長い間、会わないでいるとやがて忘れてしまう存在といえます。

よく女の子たちが学校にいるころ、「一生つき合いましょうね」とか、「生涯の友だちよ」と、フーちゃんとかクーちゃんがいい合っているけど、はっきりいうと何らかの利害関係で結ばれている場合が多い。彼女らをよく観察してみると、美人は必ずブスとつるんでいる。それは自分の美しさをひきたたせるために、ブスを友だちにしているようなところがある。勉強のできる奴とできない奴という組み合せも、利口な奴が自尊心を満足させるため、あるいは優越感に浸るためといえなくもない。これらも立派な社会的関係といえます。

女性の場合、仲良しグループがあって、学校にいるときは、手をとり合ってはしゃいでいるが、卒業し、お互いが結婚などしようものなら、もうまったくナシのつぶてだ。こういうのは生活の関係であって人生の関係とはいわない。

つまり、相手の中に一つの機能、価値しか見ていないということです。相手が役に立つか、役に立たないか。それが友だちを選ぶ基準になっている。自分の美しさをひきたてるため、自分の自尊心を満足させるため、あるいは、こいつと一緒にいると変な奴から喧嘩を吹っかけられないで済む、という理由でつるんでいることもあるかもしれない。ノートを借りるのに便利だからという損得関係もある。

会社に入ると、もっと徹底していて、この上司の機嫌をとっておくと自分の出世に役立つとか、この先輩は非主流だからあまり密接につき合うのはやめようという打算が入ってくる。

こういう役に立つ関係というのは、だいたいにおいて生活上の関係といえる。ぼくはそれを無意味だからやめなさい、などとはいわない。人が社会的に生きていくためには、生活ということを何よりも優先し、大切にしなければいけない。それには生活上のつき合いが下手ではダメでしょうね。

しかし、それだけの人間関係ではあまりに空虚だ。その虚しさを補うのが本当の人間関係といえます。

〝その人がいない〟人生

人が人として存在するためには、「間」(between) が必要なんだから、人間の本当の間――関係とは何か、と考えてみることです。それは、やはり人生と深くかかわってくる関係であって、単なる生活の関係ではないと思うわけです。

以前、ぼくは、笑いというのは相手に好意をもっているときに自然と出てくるものだ、と述べたことがある。笑いは文化的所産であり、笑いの表現は批評精神の産物というもっともらしい考え方もある。が、ぼくの笑いの定義は、このマイナスのネガティブな解釈とは違って、プラス要素を含んだポジティブな笑いもあるんじゃないかというものです。

つまり、自分の孤独さから抜け出し、相手とコミュニケーションする一つの方法が〝人に笑いかける〟ことなんです。これは、相手との関係を重要視するもので、自分の「間」の中に、相手を積極的に受け入れようとする行為といえる。笑いはその表現とみることもできるんです。

その自然な笑いが発生するのは、生活上の友を求めるときではないはずです。人生の相棒、よき同伴者として、相手を認めたときに初めて出てくる。こいつを利用して自分の役に立てようという下心があってするものじゃなく、人生の友、相手というのは、役に立つか立たないかなどという観点など超越した存在であるはずです。

でも、こうした人生上の友だち、相手がいなかったらさびしいものです。おそらく、あなたは生活上の友だちもたくさんもっているでしょう。しかし、人生の友を何人もっているか？　自分の胸に手を当ててよく考えてほしい。

役に立つ友だち、生活上の相手ではなくそういう利害や損得を度外視して、なおかつ、そいつがいないとオレはつらい、という友だちがあるかということです。

誤解のないように、人生上の友だちというのはどんな存在かもう一度、その定義を以下に示しておこう。

まず、生活上の友だち、相手であっても、ある時点から人生上の友だちになりうるということはある。が、間違っては困るのは、人生上の友だちだからといって、人生論をお互いに語り合ったりするのを人生の友というんじゃない。高校、大学の頃は、アホでない限り誰でも人生論を戦わせた相手はいるはず。しかし、それが人生の友だちとは必ずしもいえない。無論、人生の友だちになりうる可能性はあるけれどね。

それから、次のような状況で結びついている友だちは生活上の友だちといってよいでしょうね。

1、お互い、酒を飲んでいないとまともな話もできないような相手。

2、酔っぱらったときに、オレとお前とは友だちだな、ということを確認し合う相手。

3、校歌とか、昔の共通した歌をうたうことによってのみ、友情を確かめ合うような相手。

こういう相手は、だいたい本当の友だちとはいえない。ちょうど冷え切った夫婦に限って、人前でものすごく愛し合っているように装うようなものと同じだな。わざと人前で仲がいいように振る舞う人たちほどお互いの心の底は冷たいものだ。

また、相手がどんなに立派な人でも、人生上のつき合いになれない場合がある。これは個人の肌合いみたいなもので、どうしようもない。

これとは逆に、たった一回の出会いでも、まだ会ったことのない人でもその人の作品、創作品を通して、あなたの人生の友となることもあるんです。

生活上の友だちだけでは、さびしい、虚しいと感じたとき、誰でも人生上の友だちがどうしても必要になってきます。

そんな相手を数多くもつことが、あなたの人生を豊かに、充実したものにしてくれるのではないだろうか。

3 あなたは自分を捨てて生きられるか

苦しみのない人生なんて意味がない。みんながお互い、平和で満足していたら人間同士の愛は育たない。

自分を失う場所

昨年の10月10日、ローマのバチカンでコルベ神父という方の列聖式があった。この列聖式とはカトリック教会が死者に与える最高の位であり、コルベ神父は死後41年を経て「聖人」に列せられたんです。このニュースは、新聞で読んだ人も多いと思うけど、コルベ神父さんは、日本にも関係が深いので、この話をしよう。アーメンの話か、と敬遠せず、最後まで読んでほしい。

コルベ神父は、昭和5年、ポーランドからシベリア鉄道を経て、日本にやってきた。彼と一緒に来た人の中に、最近亡くなられたゼノという修道士さんもいた。彼らは長崎でキリスト教の布教をするためにやってきた。長崎におけるコルベ神父やゼノ修道士の生活については、ぼくも『女の一生』（二部・サチ子の場合）という小説の中で書いたのだけど、食うや食わずで、労働と奉仕とに明け暮れていた。

コルベ神父は日本に五、六年ほどいて、祖国のポーランドに帰り、修道院長となったが、第二次世界大戦の中に巻き込まれていく。ご存知のようにナチス・ドイツがポーランドに侵攻し、占領する。そして、コルベ神父はキリスト教の神父であるがゆえにナチスからにらまれ、仲間と一緒に逮捕され、収容所に入れられた。

一番目の収容所でしばらく強制労働の作業をさせられた後、この世の地獄といわれたアウシュビッツ収容所に送られたんです。このアウシュビッツについては、いろんな本や映画などでよく知っていると思うけど、最近、日本でも評判になった『悪魔の飽食』のドイツ版みたいな世界だと考えていい。

そこでは『悪魔の飽食』の細菌部隊と同じ人体実験も行なわれていたし、強制労働に耐えられない老人、子ども、女たちは、直ちにガス室に送られて毒ガスで殺された。だいたい400万人に近い人間が殺されたというから、この小さな収容所がいかに凄惨なものであったかがわかるでしょう。

生き残っている成人男性は、朝早くから夕方まで、アウシュビッツの周りを取り巻いている沼沢地帯を埋める重労働や死体を焼いた骨を集めて棄てる作業などをさせられる。与えられる食物といえば、一日にコッペパン一個と湯のようなスープだけ。当然、体はだんだん衰弱する。衰弱しきって、働けなくなるとガス室に放り込まれる。

こういう状況にもし置かれたとしたまえ、もう、道徳どころの話じゃないよ。他人のために何かをしてやるという気持ちなど、どこかにいってしまうだろう。もし、そういう状況にいれば、他人のパンを盗んで食うことも大いにあり得ると思う。だが、それを誰が非難できるだろうか。おそらく、誰も非難できないのではないかな。

また、同じ収容所に病人がいても、自分の配給された一個のパンをその病人にあげなくても、非難されないでしょう。このときのパン一個というのは、自分の生命を維持させる最低限の糧となっているわけだからね。こういう悲惨な状況が、小さな収容所でくり広げられていたんです。

一個のパンの奇跡

ぼくもアウシュビッツに行って、この目で収容所内の拷問室とかガス室を見てきたけど、三日間ほど樫（かし）の棒で頭を殴られたような衝撃を受けた。ほかの作家も行って、ショックを受け、あとは酒ばかり飲んでいたそうだけど、その気持ちはよくわかる。

こんな所に入れられて、一日一個のパンしか与えられなかったら、他人のパンを食ったり、病人に自分のパンを分け与えないのは当然だ、と誰でも思う。
「オレがあいつのパンを食べてしまったために、その日の労働ができなくなって倒れてしまった。だけど、こんな地獄みたいな状況下におかれたら、仕方がない」と、自己弁解して、自分を納得させると思う。ぼくだって、そう考えるだろう。

にもかかわらず、フランクル（オーストリアの精神医学者。ユダヤ人という理由でアウシュビッツの収容所へ入れられ凄惨生活を体験）の『夜と霧』を読むと、収容所の中に、病人が出たりすると、朝、労働へ出かけるとき、配給された一個のパンを病人の枕元に置いて、労働に行くごくわずかな人間がいたと書いてあります。

ぼくはこの個所を読んだとき、涙が出るほど感動した。心から感動しました。自分の生命を守るのにせいいっぱいな極限状態の中で、ごくわずかな人が意思をふり絞って——これはたいへんな意思だと思うけど——自分の食うパンを病人に与えている。

まだ人間は信用できる、人間は信じるに価する、という気持ちを抱かせますね。このごく少数の人間というのは、別に宗教家でも哲学者でもないだろう。市井の無名な人がそういう行為をなしたんだろう。

アウシュビッツみたいに、この世の地獄で、人間の尊厳を守ってくれたのが、この無名な人たちだったと思うと涙が出るのを禁じえなかった。

その中で、コルベ神父は何をしたのか。聖人に列せられるような行為とは何か？

アウシュビッツの収容所の内で、あるとき、脱走者が出たんです。たいていの脱走者は周りの沼沢地帯のところで捕まってしまうんだけれど、それでもアウシュビッツでは一人の脱走者に対し、10人の身替りを収容所の中から無差別に選び、餓死刑を与える。

ここには、飢餓室と窒息室があるんです。両方ともちっちゃな部屋で、窒息室は人間をギューギュー詰めて、扉を閉めっきりにしてしまう。やがて、酸素が欠乏して窒息。もう何ともいえぬ苦しみだと思う。いまでもこの室の壁には爪の跡がある。

飢餓室というのは、食物も一滴の水も与えずに放っておかれる室で、脱走者の身替りの10人はここに入れられ、餓死を待つ。こういう惨い刑を与えることで、脱走者を防ごうとした。自分が脱走したら、残った仲間の中から10人が確実に死ぬわけです。

脱走者が出たある日、10人の身替りを選ぶために、全員が並ばされ、任意に10名が指名されていった。そのとき、飢餓室入りになるある男が妻や子どもの名前を呼び、家族と別れるのがつらいと泣き叫んだ。

その男の訴えをきいたとき、コルベ神父は指名されなかったにもかかわらず、列の中から進み出て、「私がこの男の替りに飢餓室に入りますから、彼を助けて下さい。私は神父だから、女房も子どももいません」

と申し出る。神父だから、収容所長はなぜかその訴えを許し、コルベ神父を飢餓室送りの10人に加える。神父によって助けられた男はいまでも生きています。

ただ死を待つだけの飢餓室の中で、二週間たっても生き残っているものが三人いたといいます。その中に、コルベ神父もいた。恐れをなしたドイツ兵は、死期を早めるため、神父に石炭酸を注射して殺すわけです。

一度だけの体験

この人を生活の勝利者と思う人は誰もいないでしょう。強制収容所に入れられ、みじめったらしく飢餓室で死んだ男。彼は生活の次元では敗北者だった。しかし、人生の次元では勝利者であったと思うことはできないだろうか。

生活の勝利者は、この世を楽しみながら生きるでしょうが、コルベ神父の生涯には生活上の楽しみなど一つも見出せない。が、彼は人生の深淵をのぞいた人であったに違いない。おそらく、彼は人生にのみ喜びを求めたのではないか。そして彼は生活の喜びは放棄した。

もちろんぼくは、ここであなたに、コルベ神父のように生きろ、なんていっているわけじゃない。ぼくも、そんな生き方はできないし、大部分の人間には不可能だと思う。しかし、そういう人がいたんだということはやはり念頭に置いておくべきではないでしょうか。というのは、人間というのは根本的には自分だけで生きているわけではなく、他人との関わり、他人と一緒に生きるから人間なんだ。

「人、その友のために死す。これより大いなる愛はなし」という聖書の言葉がありますが、コルベ神父はこれを実践した殉教者であり、他人への愛を自らの死とひきかえにした人ともいえる。

ここであなたに考えてもらいたい。自分の過去の生活を振りかえって、自分一人で生きてきたと断言できる人はいるでしょうか。あなたの両親、先生、あるいは友だち、彼らからさまざまなプラスとマイナスの影響を受けているはずです。その過去の人間関係の集積が、現在のあなたの位置を決めているのではないか。

友だちに迷惑をかけられたとか、苦しい思いをさせられたとか、女性にふられたとか、人生にはプラス面だけではなく、マイナス面もたくさんある。が、とにかく他人との関係の中で生きてきたはずです。

でも、生活上のマイナスは、人生のプラスにすればいい、生活上にプラスなものは、さらにそれを人生のプラスにまで拡大してみるといい。

極端なことをいえば、苦しみのない人生なんて意味がない。みんながお互い、平和で満足していたら人間同士の愛は育たない。

人生に苦しみがあるから、人生に悲しみがあるから、人間の間に愛は存在するのだ。

コルベ神父のいたアウシュビッツほど、この世の地獄、悲惨な状況はないでしょう。ぼくたちが貧乏だとか、生活が苦しいといったって、アウシュビッツの悲惨さに比べたら上等です。そういう状況の中でも、一日のすべての糧を病人の枕元に置いていく人間もいた。こんな苦しみの中ですら、〝愛〟は存在していたのです。

ここで示された愛こそ、人間の自由を守ったといえないでしょうか。自分の命さえも維持するのに困難な状況の中で、良心の呵責（かしゃく）とか道徳などは消し飛んでしまう。しかし、すべてをアウシュビッツの悲惨な状況のせいにしないで、自分の意思、理性によって、自分の行動を決定した――これが本当の自由ではないか、と思うわけです。

本当の自由とは自分の行為の原因を他のこと（社会や政治）になすりつけず、自分の意思を決めることです。「こんな女に誰がした」という歌もあるけど、これは自分で自分の自由を失っている敗北の姿としか思えない。

しかし、いまいってきたようなことが、やさしければ、人生なんか生きる価値はないかもしれない。本章は、少しむずかしかったかもしれないが、寝ころびながらでもいいから、人間の尊厳、自由、愛などについて、ゆっくり考えてみてはどうでしょうか。

4 自分を見失ってしまう今のあなた

他人と共存して生きようと思ったら、怒ったり、泣いたり、深刻ぶっている顔ではなく、ほほえむことだ。ほほえんでいる女性の顔はいちばん美しい。ほほえみを浮かべた男の顔がいちばん男らしい。

言葉に頼る人間の失敗

人間同士の交流、人と人との交わりは何を媒介にして行なわれるか。最初に頭に浮かぶのは〝言葉〟でしょう。誰かに話をする、話をきく。話は本質的には人との コミュニケーションをするためにある。

言葉を使った芸術、文化は、すべて人と人との交流がベースをなしているのに、いつの間にか、その素朴な意図――他人との交流――が忘れられ、言葉が自分一人のためにあるような錯覚をするようになってしまった。これは歪みだとぼくは思う。

このように、誰でもこの〝言葉〟を使って人と交わろうとする。しかし、ぼくはもう一つ有効な手段があるんじゃないかと思う。

それは〝ほほえみ〟です。笑いにも哄笑、嘲笑、冷笑、苦笑といろいろあるけど、人の心を開き、語りかけるのは〝ほほえみ〟だけだと思う。

この〝ほほえみ〟の意味がよくわかったのは、20代のとき、初めてフランスに行ったときです。留学当初は、言葉がよくできない。ぼくはフランスの一般家庭に下宿したのだが、そこのおばさんももちろん日本語はできない。が、彼女はしきりにほほえんでくれました。

ぼくはそれまで、ほほえみというものが人間にとってどんな意味があるのかということなど考えたことがなかった。だけど、彼女のほほえみを見ていたら、

『私はあなたに好意をもって迎えているんですよ。心配することはないのです』

と体全体で受け入れてくれ、心を開いているように思えた。

言葉ではお互いに理解し合えないけど、ほほえみというものはこんなにも人と人

との間に暖かい交流をしてくれるものかと気づいたわけです。

そのとき思い出したのは母親のほほえみです。母親が自分の赤ちゃんを見たときの笑いというのは、赤ちゃんに、「大丈夫よ」といって、『お母さんがこうして守ってあげるんだから』という気持ちをいっぱいこめてほほえむわけだ。

だから、ぼくはほほえんだり、笑いかけたりするのは、われわれが誰かに『あなたと交わろうよ』という意思表示であり、それは言葉以上の有効手段だと思う。

ぼくが子どものとき、庭で遊んでいて滑って転んだら、うちの飼い犬がそれを見て笑った。あいつは明らかにぼくをバカにして笑ったと思う。動物が笑ったのを見たのはこれ一回だけ、ほかに見たことない。笑いは人間だけがやることであり、他の動物がニッコリとほほえんだなんて、見たことがない。ただ、人間同士なら、どんな国の人でも共通のメッセージとなり得るんじゃないだろうか。

人間の本当の顔

人に笑いかけることで、友を得た思い出もあります。学生のとき下宿をしていて、学校にも友だちがいない。ある日、学校から下宿に帰ってきたら、階段を降りてくる奴に会った。ぼくが何となく笑いかけたら、向こうもニヤッと笑う。それから会話が生まれ、友だちとなっていった。友を得る最初のきっかけというのが笑いだった、という経験はあなたたちも随分あるんじゃないかな。これは、たんに処世術ということとは違う。

よく職業的な笑いってあるでしょう。〝日航笑い〟というのがある。日本航空のスチュワーデスさんたちが、機内に入るとつくり笑いを浮かべて「いらっしゃいませ」という。彼女たちは養成所でやはり笑い方の訓練を受けているからね。みんな同じ笑い方だ。しかし、笑わないより、笑ってくれた方がいい。〝ほほえみ〟の効用を日航の人たちも、ちゃんと心得ているわけだ。

笑いという行為がいかに人間の精神活動にとって不可欠なものであるか、次のエピソードが物語っています。

有名なアメリカのジャーナリスト、ノーマン・キャズンズが患って入院し、医者の治療を受けていたんだけれど、彼はその治療法にどうしても納得がいかない。そこで、病院をひきあげてホテルにとじこもった。ホテルの一室で何をしていたかというと、テレビのショー番組のビデオテープを買ってきて、毎日、このコミカルなお笑い番組を見て笑っていたというんです。

一週間過ぎて、医者の診察を受けたときには、医者もいぶかるほど病状がよくなっていた、というんだな。それほど、笑いは人間の精神にある種のやすらぎを与えてくれるわけです。

この笑いの効用を他人とのコミュニケーションに使えばいい。友だちができないと悩んでいる若い人に「まず、ほほえんでみなさい」とよくいう。ニタニタ笑うんではなく、『ぼくはきみに好意をもっているんだ』という気持ちをこめてほほえむ。そうすれば、相手も好意をもってくれる。必ずそうなるよ。

他人と共存して生きようと思ったら、初めにやることはほほえむことです。自分でそれが欠けていると思ったら、鏡に向かって笑顔の練習をすればいい。日航のスチュワーデスと同じように訓練すれば、誰でも素敵な笑顔をつくれるはずだ。

あなたの中で、いちばん素敵な顔というのは、怒ったり、泣いたり、深刻ぶっている顔ではなく、ほほえんでいる顔だ。相手に向かって、ほほえんでいる女性の顔はいちばん美しいでしょう。

これは男だって同じです。ほほえみを浮かべた男の顔がいちばん男らしいんだ。

人を寛大に包容しようとする男の顔は魅力的だと思う。ムッと怒ったような顔をしたり、芸術家ぶって眉と眉の間にシワを寄せ、人生の苦悩を一身に背負ったような顔などカッペ芸術家のすること。そんなものよりも、明るい笑いを浮かべた顔が人間として自然であり、きれいだと思う。

自分の顔の存在価値

ぼくはとくに、苦しんでいる人たちにほほえんであげよう、と提案したい。病院に見舞いに行ったら、まず、ほほえんであげよう。お医者さんは苦しんでいる患者さんに、看護婦さんは寝たきり老人に、それぞれ、精一杯ほほえむことです。

ほほえみは人間にしかできない行為なんだから、みんながほほえみをもって接しられたらいいなと思う。

ハワイのホノルルにある病院では、従来の日本の病院と違うことが二つある、と教えてくれた人がいます。日本にない医療器機があるとか、近代設備が充実しているといった違いではなく、病人に対する配慮、心遣いに相違があるという。

その一つは、病院の庭に一年中、花が咲いている。ホノルルのボランティアがやってきて花を植えているからです。花を植えたいという申し込みが殺到し、なかなか順番が回ってこないほど希望者が多い。

二番目は、看護婦全員がほほえみを絶やさない。患者と廊下ですれ違うと必ずほほえみ、病室に入っていくときもほほえんでいる。決してムッとしたような事務的な顔はしていない。

これを目撃した東京のM病院の院長は、いたく感動して自分の病院にもこのシステムを入れ、患者に対する態度を大いに改めた。つまり、病院関係者にほほえむことを励行させたわけだ。

たった一度の〝ほほえみ〟が、人を動かす力があるならば、苦しみや悲しみをもった人が集まる病院は、このことにもっと力を注ぐべきではないだろうか。

戦後の教育は個性重視主義になっています。あなたたちの受けた教育というのは、個性や独自性ばかりが強調された嫌いがある。他人よりも、いかに自分の個性を強調するかという生き方じゃないかな。キミの真似をすることがボクの生き方ではないというのが戦後の教育です。

しかし、ぼくは個性なんて信用しない。ぼくは共存重視主義なんです。つまり、

〝キミも生きる。ボクも生きる〞〝キミを生かすことによって、ボクが生きている〞という考え方があるんじゃないか。自分の独立性ばかりを主張しないでそういう考え方を再検討してほしい。

他人と生きよう。他人と一緒に生きることがだんだん忘れられてしまった。語り合おうという呼びかけの一つが〝ほほえみ〞といってもよい。いままで、まったく見も知らない他人とでも、ほほえみ一つで心暖かい交流ができる。

30年ほど前、ぼくがフランスのリヨンに留学していたころの話。フランスの大学の新学期は10月、この季節になるとベレー帽にそれぞれの科のリボンをつけて、学生たちが街で唄を歌い歩く。リヨンの中心に広場があって、仲間と歌いながら歩いていると、見物をしている人のなかで老人夫婦がこうささやいたのをきいた。

「青春だねぇ」

ぼくはその声にふりかえった。老夫婦は暖かなほほえみを浮かべていた。何でもない出来事なのに、いまでもこの笑顔を思い出す。いま考えてみると、この笑顔には、老いた者には青春の悦びなどないことを百も承知していながら、老いをつつましやかに肯定している〝ほほえみ〞とも思える。

あの声と同様に、老夫婦の笑顔には何ともいえぬ人間的なやさしさと暖かさとがあった。見も知らぬ人のほほえみの顔が、30年経た後も、ぼくの心にあざやかに焼きついている。

人と人との心暖かな交流は、たった一つの〝ほほえみ〟が大切であり、言葉以上の効用をもたらすことがあるということを知っていてほしい。

5 頭で考える自分の限界

ぼくは怒るべきだと思っている。自分の信念と違っていても怒らない人というのは、必ずしも人格者じゃない。

自分はどう見られているか

人間関係をうまくもっていく技術の一つに、自分の感情をコントロールし、抑制することがあげられます。これはどんな場合でも、大切なことだと思う。

しかし、私は、喜怒哀楽の感情をできるだけ顔に表わさないというのは、たいへん苦手なんだ。ぼくはこの四つの感情のうち、〝怒〟と〝哀〟とを抑えることにしているが、〝喜〟と〝楽〟は比較的ストレートに顔に出る。

うれしいときに、非常にうれしそうな顔をするというのは、悪いことではないが、そうすることによって、プラス面とマイナス面とがあるような気がする。

たとえば、誰かにプレゼントをもらったとする。このとき、うれしい表情をストレートに出すと、相手の人も喜んでくれるというプラス面はありますが、一方で、たいへん子供っぽい性格に思われてしまうマイナス面がある。

だからといって、うれしいときに、ブスッとして、相手に不愉快な感情を抱かせるよりはずっとましだが、あまり〝はしゃぎ〟すぎると、子供っぽく思われることは確かだ。

ただ、このとき注意しなくてはいけないのは、自分がうれしいことのために周りの誰かに傷つく人がいる場合。これだけは気にかけておく必要があります。

たとえば、ぼくがある賞をもらったために、もらえなかった人がいたりすると、ぼくはうれしいけど、やっぱり、その喜びの表現をある程度、我慢しようと努力はする。

誰だってそうだろう。そういう思いやりはもたねばいけないと思う。あなたが係長や課長のポストを得たら、陰で泣いている奴もいるかもしれない。自分が幸せになることで、他人が不幸になることだってあるものだ。こういうとき、手ばなしで喜ぶのは、どうかと思う。その喜びの表現を自制することが大切なんじゃないかな。

ところが、うれしいことがあっても、別段、オレはうれしいこともない、といった顔をすると、あいつは生意気だと思われてしまう。そこのところで、バランスのとれた表情をしなくちゃいけない。ほんのりと喜びを出すという演技が必要になってくる。

一人前の大人なら、喜怒哀楽の感情というのは、たぶん演技でしなくてはいけないこともあるんです。心中はつらいけど、幸せそうな顔をしなくてはいけないときって、経験あるでしょう。たとえば、友人の病気見舞いなどに行ったとき、あなたが暗い顔をしていたり、心配そうな様子をみせたら、病人だって変な気持ちになってしまうでしょう。

だけど、一般的にいって喜怒哀楽のうちで〝喜〟と〝楽〟とは、露骨に見せてもたいした被害はない。問題なのは〝怒〟なんです。誰でも、〝怒〟を示したために損をしたり、人を傷つけたりしたことがたびたびあるんじゃないかな？　どんな場合でも怒りがいちばん損をするんです。

突然怒り出したくなるとき

人間関係における〝怒り〟を分類すると、まず第一に、怒らないでもいいことに腹を立てる。つまり衝動的な子供っぽい怒り。第二に、怒ったため相手をひどく傷つけるもの。第三に、怒ったゆえに自分が損するもの。四番目に、人間として、男として怒らなくちゃならない怒り。これはその人の値打ちを高める得な怒りです。

ところが、怒ったために損をするとか、得をするといっても、これは計算してできるものじゃない。怒りの感情というのは爆発してから後悔したり、悩んだりする。だから怒りをコントロールして、巧みに使える人というのはかなりの人物といってよい。

ぼくも、長い間、怒りを巧みに使える人物になろうと、随分と努力したけど、むずかしかった。自分にできないことを、他人にいうのは気がひけるけど、怒ったために、得をすることはあまりないだろう。ただ、怒りの心情、特性というのは、どんなものかを知っていると、それをコントロールする手段になるかもしれない。

アラン（フランスの哲学者、批評家）という人が、怒りの心理を次のように説明している。

「怒るから手を上げるんじゃなくて、手を上げるから怒るんだ」。これは確かに真理だと思う。怒るときに、声を荒げて怒鳴ったりする。そうすると、自分の出した大きな声に驚いたりして、怒りの情が増していく。今度は手を上げると、さらに怒りは倍増します。そして、相手をなぐった手の痛みを感じると、ますます収拾のつかない事態になってしまう。

しずかに怒っていると、その怒りはときには、いい加減なところでしぼんでしまうが、ひと度、大声を出すと怒りは際限なく増大していく。だから、発声を含めて、行為そのものが怒りの情を倍増するということはよくわかる。だから、すぐに我を忘れて怒りに身をまかせちゃう人は、あくまでも大きな声を出さず、手を上げないことです。その怒りのスタートを我々は往々にして誤ってしまう。

もう一つ、怒りの側面にはくだらないけれども、面子（めんつ）という問題が必ずつきまとう。自分の面子のために怒っている人がよくある。もうこのあたりで怒りを納めようと思いながら、面子とのバランスが取れなくてダラダラと怒っている。こういう怒り方がいちばん下手なやり方だ。

戦争に譬えれば、兵站線が延び切っていると勝負は負ける。だから、どこまで怒るかをたえず自分の頭の中で考えておかなくちゃいけない。この、どこで撤退するか、矛を納めるかが重要なんです。

それから、怒るときは相手に逃げ道を与えよ、ということ。部下を叱る、友だちに怒るときでも、逃げ道だけは一か所あけておくことだ。逃げ道も与えず全部封鎖してしまうと、たいへん危険です。せっかく自分が善意をもって怒ったとしても、恨みを買ってしまうことになる。

〝怒〟といっても二種類あって、部下を叱るとか諭すような場合はオコルという。つまり、相手を教育する意味合いを含んでます。が、感情的にカッとなるイカリがある。感情の爆発で、これはたいてい後味の悪いものだ。なぜかといったら相手を傷つけるし、損をするからだ。

でも、この感情的なイカリの場合でも、損を承知で怒らなくちゃいけないときもある。これは自分の面子の問題だけじゃない。自分の誇り、自尊心を傷つけられたりする場合、それを守るために損を覚悟で怒るときもあります。とくに男の場合はそうだ。

つまり、不当な屈辱を受けたとき、身に覚えのないことで疑われたとき、相手からやみくもに一方的に怒鳴られたときなどは敢然と怒らなくてはいけない。

そういう場合、ぼくは怒るべきだと思っている。どんな不当な扱いを受けても、自分の信念と違っていても怒らない人というのは、必ずしも人格者じゃない。これはずる賢いとか老獪だというイメージにつながるでしょう。

まあ、この種の怒りというのは例外であって、だいたいにおいて感情を爆発させて怒らん方がいいことは確かだよ。

では、そうたやすく怒らないためにどうしたらいいかというと、怒る前にひと息深呼吸しなさい、とぼくに忠告してくれた人がいます。

それから、怒るときに視点を変えろ、ともいわれました。相手のいいところを考えてやる。つまり、ひと呼吸おけというのと同じ意味です。

しかし、そうはいっても、その人の性格で、やろうと思ってもできない人間もいる。そういう人は、謝り方のコツを知っておくことです。

ここは一つあやまるべきとき

感情的になって、相手を傷つけたと思った場合、謝り方の上手、下手というのは決定的な差になってくる。たとえば、相手の感情がガキガキになっているときに謝っても効果はないんだ。だから、一拍おいて謝るというのもコツの一つ。それから、「このことだけはオレが悪かった」などと発言の一部だけを謝るのではなく、すべてを自分の〝非〟とする態度が必要。どうせ謝るなら、率直に謝ることです。

そして、いちばん肝心なのが、謝り方に誠意があるということです。ぼくの体験でこんなことがあった。

ある後輩のジャーナリストにぼくがインタビューを受けることになって、その場所まで出かけていった。そしたら、その後輩が、青ざめた顔して、しょげている。「どうしたんだ」ときいたら、「きのう、酒を飲みすぎて、気がついたらある出版社の社長の頭をなぐってしまった」という。少し酒乱気味の奴なんだ。

「オレも若いころは酒乱だったんだ。そんなこと気にするな、飲もうじゃないか」といって、一緒に飲んでいた。そうしたら、突然、酒乱になってしまった。

「さっきからきいていれば、気にするな、気にするなと気易くいいやがって、この野郎！」って怒鳴る。むちゃくちゃ怒鳴るから、ぼくも怒鳴り返して、憤然として席を蹴って帰ってきちゃった。

ぼくもうっかりしてたが、そいつが酒乱だというのを忘れて、一緒に飲んでしまったわけ。

それから、一週間ぐらいして、くしゃくしゃになった封筒で謝り状が届いた。申し訳ありませんでした、といってね。そのくしゃくしゃになった封筒というのが、功を奏したわけです。というのは、くしゃくしゃにシワが寄っている状態というのは彼がその手紙をポストに入れようか、入れまいかと悩みながら、ポケットにいつもしのばせていたというのが、非常によく出ているわけだ。これはケガの功名だけど、彼の誠意が出ているだろう。

だから、相手に誠意を見せて謝るというのがいちばんよい方法だ。

それから、酒席であばれたり、急に正義漢になって怒鳴ったりするのは、いちばん怒り方の下手な奴だ。よく、酒席で後輩に説教しているのを見かけるけど、決してプラスにならない。これはあざけられるか、恨まれるかのどちらかだけだ。

以上、いったことはぼくが実行しようと思ってもなかなかできなかったことだけど、みすみす知らないで失敗するより、怒りの性質、謝り方のコツなどを学んでおく方が、よりよい人間関係を築けるんじゃないかと思って、自らを省みて話したわけだ。

60年近くも生きていると、怒ることが愛嬌になってくることもある。それが一つの芸になって、何ともいえず愛嬌を感じる人がいるもんです。が、これは50歳をすぎてからの話。

若いころから、やたら怒るというのは、自分の感情をコントロールできない人物という評価を受けてしまう。これは損な生き方には違いない。

6 自分の中の個性を取り出してみると

愛することを知らないで、愛されることばかり求めた人間は、どこか寂しい。

何があなたを輝かせるか

一般的に〝あいつは個性が強い〟とか、〝弱い〟という表現をする場合、だいたい性格的なことをさしていっている。個性的だと思われている奴をよく観察してみると、性格の激しい奴とかアクの強い男だったりするわけです。つまり、個性とは性格の強弱だと理解しているらしい。が、それならば精神病の患者がいちばん個性的である、といえなくもない。

新宿、六本木あたりを歩いていると、アクの強い格好をして、歩いているのがいるね。聖徳太子みたいな格好していたり、アメリカ・インディアン風な男がうろついていたりする。ああいう目立ちたがり屋を個性が強いというのだろうか？

心ある者が見たら、こいつらはアホかと思うだけです。自分たちだけ芸術的な服装をしていると思い込んで、鼻の穴をふくらませて自己満足しているんだ。

こういう手合いは、要するにアクが強く、エキセントリックなだけで、いつも自己主張をしている奴だと思う。彼らを個性的だとはぼくは考えない。

きみたちが友だちとしてつき合ったり、仲間にしたい奴というのは、やはり、みんなと協調し、身勝手なことをしない人間だと思う。

ぼくは個性的だ、と思っている奴の大半が、アクの強い性格の持主であったり、わがままであったりする。彼らはすでに一つの錯覚をしている。というのは、彼らはいままで生きてこられたのは、自分一人の力であるという不遜、うぬぼれがある。これは人生に対する観察力が非常に乏しいことと、人を愛することを知らないからだといえるのではないかな。

人から愛されることばかり願っていて、人を愛することのできない奴は、何事においても、自分だけの独力で生きてきたと思いがちだ。彼はみんなから愛されることしか願わず、人を心の底から愛することができない。女性に対しても愛されることしか考えない奴だと思っていい。

もしそういうアクの強い人間を、個性的だと考えているならば、そんな個性など犬でも食らえ、とぼくはいいたい。

本当の個性をもっている人ならば、自分だけの力で生きてきたとは考えていないだろう。自分が、今日までこれたということに対して、Aさんの世話になった、Bさんが助けてくれたということを、素直に感じるような人間であるはずです。それが感じとれない人間が個性的人間であるはずがない。

愛することを知らないで、愛されることばかり求めた人間は、どこか寂しい。リルケがいっているけど、宝石箱のキラキラと輝いている宝石を取った跡の、うつろなビロードのくぼみみたいな寂しさがある。

では、いったい本当の個性とは何かということになる。それはどんな個人の中にもある特別な才能です。つまり、自分の中にある能力の中でいちばん強い才能のことを個性という。それが、たとえば、商売であれ、絵を描くことであれ、自転車を漕ぐことであれ、写真を撮ることであれ、自分の才能を十分に発揮しているものならば、何でもいいのです。

そういう才能を個性というならば、ぼくは個性は尊重しなければならないと思う。だが、たびたびいっているように性格的なアクの強さを個性と呼ぶべきではない。

才能というのは、誰でももっているものです。しかし、それは必ずしも学校の成績とは比例しない。学校の成績の悪かった人でも、社会に出て非常に成功している人もいる。会社の社長になっている人ですら、必ずしも学校時代に勉強ができたとは限らないのです。

こういってはなんだけど、ぼくの友人の安岡章太郎（作家）なんてまったく勉強ができないので浪人を二年やって大学に入った。かく申すぼくも兵庫県の灘中学（現在の灘高校）のときは、186番だった。結局、三浪するんだけど、学校の先生に「お前は学校のクズだ」といわれた。あるいは伯父に「お前は遠藤家の米食い虫」ともいわれたね。しかし、米食い虫と罵（ののし）られた男が、ともかく現在飯が食えている。

ふりまわされている男

そうしてみると、学校の画一的な教育の中での〝落ちこぼれ人間〟にも、特殊な才能をもっている奴がいるはずです。いまの〝落ちこぼれ教育〟というのは、勉強のできない奴を普通の水準に上げてやろうというわけでしょう。これは根本的に間違っていると思う。

というのは、落ちこぼれ人間の中にも特殊な才能、個性がうもれている、という側面を考えていないからです。一人一人の中にあるその人だけの能力を見つけてやろうという教育でなければ、意味がないのです。本当の意味での〝落ちこぼれ教育〟というのは、隠れた才能を先生や親が見つけ出し、それを十分に伸ばしてやる、という環境を作ることじゃないかな。

〝日本のゴッホ〟と称された画家の山下清だって、式場隆三郎という人がいなかったら、世に出なかっただろう。式場氏が山下清という知恵遅れの子どもの中から、絵を描くことの天才的な才能を見つけた。これが本当の〝落ちこぼれ教育〟といわれるものです。

誰でも、その人だけがもっている特殊な能力があるはずです。すべての分野に秀でた万能人間など稀です。自分の中にある、たった一つの才能を見つけ、それを磨くことが〝個性〟といわれるものだと思うんです。個性的な生き方とは、その人のオリジナルな能力をどう磨いてきたか、ということにかかわってくる。

それから、世の中には〝まやかしの個性〟というのがあります。自称「芸術家」という奴に限って、個性ということを盛んにいう。彼らは、奇態な身なりや行動で世間の耳目をひくが、ろくな作品を創っていない。特にニューヨークでごろごろしていた絵描きなどが、日本に帰ってきて、個性を尊重しなくちゃいけない、と主張したりする。だが、そいつらの作品を見てみると、だいたいが、ニューヨークの絵描きのエピゴーネンだよ。しかも、その真似がうまいならいいけど、風呂屋の看板よりもひどい絵が多い。

これが〝個性ある絵〟だといわれたら、芸術が泣くというものだ。つまり、こういうのはエセ個性という。上は自称「芸術家」から下は原宿をうろついている奴に至るまで、個性の尊重を叫んでいる。が、その中に本当の個性がいくつあるのか疑問です。

ただ一人、けったいな個性と芸術を結びつけているおっさんがいる。岡本太郎さんです。彼は大芸術家になってしまったからしょうがない。けれど、岡本太郎でない奴が身につかない個性を振り回すのはかなわない。個性とは本当はもっと地味なものですよ。

いまの自分を何に向けるか

個性は顔に出ます。人間もある年齢を経ると、その人の体験、教養、人柄が顔に出てくる。よく40歳を過ぎた映画俳優なんかが対談などに登場する。不思議と昔、美男子であった人ほど、顔が貧相になっている。ナッシングという顔しているだろう。目鼻立ちだけは昔のままに整っているけど、額のあたりにうぬぼれがでている。

テレビの対談で、中年を過ぎた俳優が出ているのをよく見てごらんなさい。しゃべっている内容はいかにも偉そうなことをいっているけど、オリジナルに乏しく、話が薄っぺらでつまらない人ほど、顔が貧相だ。

これは、長い間、人を愛することを知らないで、人から愛されることだけに終始した人間のなんともいえない空虚さが出ているからです。これを見るのがテレビ対談の楽しみだ。

10代、20代で活躍している俳優や歌手はまだ顔を見てもわからない。若さが欠点を隠してしまっているからね。40歳を過ぎる頃から、ワーッと出てくる。だから俳優やタレントは怖い。

この間亡くなった松本白鸚（先代の松本幸四郎）という歌舞伎役者がいましたけど、彼はりっぱな顔をしていた。芸の修業に裏打ちされた厳しさと、人を愛することを知っていた柔和さが見事に融け合っていた。

家族を愛し、弟子を愛し、歌舞伎を愛していたんじゃないかな。愛することを知っていた人の顔です。

無名のおばあさんの中にもとてもいい顔をしている人がいる。いわゆる福相で、老婆になっても孤独感がない。やっぱり、これは愛することを知って生きてきたんじゃないかと思う。が、愛することを知らなかった人は、孤独感と欲望がむき出しになっている。だから老醜が漂っている。人から愛されないことへの恨み、金に対する執着が顔に出てしまう。

老醜がないおじいさん、おばあさんをときどき見かけるけど、これは若いころから愛することを知っていたからだと思う。恋人を愛し、亭主、女房を愛し、子どもを愛し、隣人たちを愛した結果が福相になっているんでしょう。

しかし、人間以外のものを愛した奴の顔は汚い。物欲の権化みたいなのはいい顔になるはずがない。一般に、政治家の顔というのはえげつない顔しているでしょう。これは老いてなお、権力闘争のドロ沼に身を置き、地位や金に汲々(きゅうきゅう)としているからだ。

政治家はだいたいアクの強い性格者。言葉を変えれば、幻影的個性の強い奴だ。幻影的個性の強い奴は、生活上の成功者にはなれるかもしれないが、決して人生の成功者にはなれない。

いまの政治家の顔と夏目漱石の顔と見較べてみなさい。その差は歴然としています。また、ジャン・ポール・サルトルの写真とアクの強い老人たちとを対比してほしい。サルトルはひが目だよ。それでも、あれだけチャーミングな顔になるんだ。

それでは、魅力的な顔になる個性づくりには何が必要なのだろうか。

その1　いまのあなたがあるのは周りの人が作りあげたと思え。誰でも過去に付き合った人が大勢いるはずです。そして、さまざまな生活経験、人生経験をしたと思う。が、その中で何人の人が〝あなたの人生に深い刻印を残したか〟が問題です。これをぼくは人生の〝体験〟と呼ぶが、いまのあなたのあるのは、その体験をさせてくれた人々のおかげだと思う心が大切。

その2　個性は短時間では作れない。長い間自分なりの能力を磨いた結果である。だから、10代や20代でその人の本当の個性は作られない。この年代でみんなに個性的だといわれる奴は、アクの強い性格であったり、奇態な格好を好んだり、奇抜な言動をしているにすぎない。

しかし、40〜50歳代になって、その人の個性が光るというのは、長い間の努力によって成熟期を迎えていることにほかならないのです。

〝まやかしの個性〟ではなく、真の個性とは何かをよく考えていることが、自分の中に隠された能力を見つけ、それを光らせるキッカケになるかもしれない。

7 つき合い方を知ったらこんなにあなたは変わる

個性はそんなにたいしたものではなく、その人の価値、芸術の評価を決める重大要素にはなりえない。

残っていく自分、消えていく自分

年末から正月にかけて、寝ころびながらテレビばかり観てました。その中に、昭和の世相の回顧番組があった。さまざまな分野で活躍した人物を時代を追って紹介していくもので、いまはすっかり忘れられたり、テレビ・メディアからは消えてしまった人物が登場していました。

その時代にはもっとも活躍し、テレビでも売れっ子であった俳優や歌手が、いつの間にか我々の前から姿を消し、噂すらきかなくなってしまう。その回顧番組を見ていて思ったんだけど、ある時代に華やかな脚光を浴びても二〜三年で消えてしまう人というのは、例外なく個性的（エセ個性かもしれない）です。しかし、彼や彼女がテレビから消えてしまったのもまた個性なんです。つまり、視聴者にその個性が飽きられたのが原因。

去年の大晦日の紅白歌合戦に出た歌手のうち、五分の一は来年にはみんなから忘れ去られてしまうでしょう。芸能界などはとくに栄枯盛衰が激しいからね。

個性を前面に押し出している人たちは必ず消えてしまう。かつて、後楽園のジャンボスタンドを埋めつくしたピンク・レディーの人気も、いまは昔の物語となってしまった。彼女らも二〜三年でパッと咲き、すぐに散る運命だった。彼女らには個性など無かったんだけど、周りがある種のエセ個性を植えつけることに成功していた。

これは、流行歌手やタレントばかりでなく、他の世界でもいえる。個性だけで作品を創った芸術家たちというのは、時代の流り（はやり）、廃り（すたり）の中で翻弄（ほんろう）され続けている。

それでは、時代を超えたところで、いったい何が残るというのか。それは、個性などではない、人間ならば誰しも心の奥底に共通して持っている琴線（きんせん）に触れた作品が残っていく。

この前の正月に映画を三、四本観ました。『地中海殺人事件』『ランボー』、そして『E.T.』です。クリスティーの『地中海殺人事件』は駄作、『ランボー』は見ているときは面白いんだけど印象が後に残らない。

『E.T.』——これはスピルバーグ監督の作品の中でいちばんいいものだと思う。

ぼくは彼の『ジョーズ』という作品を三回観ました。最初、映画館で観たときはものすごく面白かったけれど、二回目に行ったときは途中で映画館を出てしまった。三度目、これはテレビで観たんだけど、もう観るにたえなかった。

つまり、人間の心の奥底に響いてこないわけです。『未知との遭遇』を観てもそう感じました。だから、ぼくはスピルバーグという男はきわもの監督だと感じていた。が、この『E.T.』の映画を観るに及んで、その評価を変えざるを得ないと思った。

〝X〟にとりつかれてしまう男

それでは、なぜ『E.T.』が本物であるかということをお話ししましょう。この物語は『未知との遭遇』で味をしめた宇宙人と地球人の交流を美しく描いている。しかし、あれを観てみなさんは他の話を思い出しませんでしたか？　そうです。あの下敷は『新約聖書』なんです。つまり、映画に出てくるE.T.というのは、新しい〝イエス〟なんです。

『新約聖書』を読むとわかりますが、イエスというのは、ある一部の人たちからは愛されたけれども、彼を理解してくれなかった人たちからはいじめられ、みじめな死に方をします。が、やがて、彼は愛によって復活し、天に戻っていくという話です。

そして、映画の『E.T.』は、地球の子どもたちとは理解し、愛し合うが、理解することのできない大人たちに殺されてしまう。

川の中にころげ落ちてたいへんみじめな死に方をする。だが、科学を超えた愛によって復活、天の故郷に戻っていく。

まさに、これはイエス・ストーリーを原型にしているんですよ。そのイエス・ストーリーというのは、『新約聖書』のオリジナルではなくて、その原型は他の宗教、神話の中にもたくさん出てくる。つまり、人間の琴線に触れるストーリーともいえる。日本では貴種流離譚(きしゅりゅうりたん)がこれにあたる。

国文学を勉強した人なら知っていると思うけど、これは高貴な人間が、種々の試練を経たり、艱難(かんなん)を克服して尊い存在になりながら悲劇的運命を背負わなければならぬという物語。たとえば、熊襲(くまそ)退治のヤマトタケルなどがそれに相当します。物語文学でも『平家物語』などは、一つの貴い家がこの地上で苦しい思いをして亡びていく姿を描いており、一種の貴種流離譚の変型ともいえます。それがもっと宗教的になるとイエス・ストーリーという形になっていく。

この種の物語というのは、洋の東西を問わず人間にとって共通の憧れを秘めている。それに、『E.T.』は合致しているわけだ。映画を観た人たちは、涙を流したり、感動したりしたでしょう。それは、『E.T.』の中には、われわれの心の奥底にあるなんともいえぬ郷愁をそそるXというのがあって、それにこの映画が触れてきたんです。

そうしてみると、スピルバーグ監督が独得の個性で作った部分——たとえば、NASAの捜査官みたいなのが鍵をチャラチャラ鳴らせる場面（四、五回ある）、あるいはE.T.が子ども部屋の人形の中に入って隠れてしまうときなどは、初めは面白いと思うけど、何回も観たら飽きてしまう。だけど、『E.T.』はみんなの心に残るストーリーとなっている。

『ジョーズ』のような個性だけで作った作品と較べてみたら、そこには大きな差があるということはわかるでしょう。個性の強さからいったら『ジョーズ』の方がはるかに個性的です。つまり、ハッタリと押しの強さが前面に出ている。が、『E.T.』で感動するのは、迫力とかギラギラした部分ではないということは、あの映画を観た人たちなら賛成してくれると思う。

この映画について、もう一ついえることは、E.T.がわれわれの心の中にあるXに触れる顔にだんだん近づいていくのに注意してください。初めは醜かった顔がだんだん高貴な顔に変化していく。あれは決して個性だけを強調した顔ではない。

高貴な顔というのは、われわれが長い歴史の中で、心の奥底でいつしか作りあげた顔なんです。それにE.T.の顔が近づいていくから、最後にはすばらしい顔だという印象をもたらすんです。

だんだん最低になる人間タイプ

テレビや映画の話を通して、個性というものの本質をみてきたけど、結論的にいえば、個性はそんなにたいしたものではなく、その人の価値、芸術の評価を決める重大要素にはなりえないということです。もっと基本的で大切なことがあるのではないか。

実は、これは生き方についてもいえることなんです。20歳代の人たちは自己主張というのは個性によるものだと思っている。しかし、35歳を過ぎれば個性による自己主張など、テンプラ時計と同じだということがだんだんわかるようになります。テンプラ時計というのは、ホンコンの空港などで売っている金メッキ時計のことです。ぶら下げるとキラキラ光るが、一週間もしないうちに何となくインチキくさく見えてくる。人間の個性というのも同じようなことがいえる。

個性というのは金メッキのようなもので、もっと大切なものがあるということを35歳を過ぎてもわからない人間は、ちょっと困る。また、評論家などがこのことを考えないで、個性を振り回すような談話やエッセイを発表したら、人から笑われるでしょう。

それでは、人間を見るとき、芸術を鑑賞するときに、個性を金科玉条として掲げる人間には何が足らないのだろうか。

そういう人たちが見落としているのは、長い歴史の中で人間が培ってきた知恵とか心の琴線に触れるXを無視している点です。それを自分のものとするには、一人ではとうてい作れない。過去のさまざまな人、作品を学び、影響を受けることによって、初めて手に入れることができるのです。

あなたが展覧会に行って絵を見たとしよう。具象画は別として、抽象画を見ていて、すぐにすばらしいと思ったとしたならば、その人はものすごく才能があります。たとえばピカソを初めて見て、十分に理解できる人はいない。なんでこんな変な絵を描くんだろうと思うはずです。

ただ、そういうことをはっきりいうと、自分に教養がないと思われるから、口に出さないだけです。しかし、毎日のように美術館に通って、いろいろな絵を見ているうちに、いつの間にかピカソもいいな、と思うようになる。決して、ピカソが単独でわかるはずがないのです。ピカソがわかるその背景には、何千、何万という絵を見る下地が必要なのだとぼくは思うわけ。

それを初めてピカソを見て「ウン、これはすばらしい」と膝を叩いた人がいたならば、ぼくは不可解だね。

文学作品でも同じことがいえるんです。ぼくは小説家ですが、まったく新しい小説に接した場合、ぼくが長い間、読んできたいろいろな小説を素地にして、その評価を考えます。つまり、新しい小説に接するとき、いままでの経験を抜きにして考えるならば、その評価は変てこなものになるでしょう。

たとえば、池田満寿夫の小説を初めて読んだとき、ぼくは感心しましたが、もし、ぼくに文学的な訓練――つまり、他人が書いたいろいろな作品を読んでいなければ、池田満寿夫の小説をぼくは単なるエロ小説としか考えなかったでしょう。

ぼくが小説を学んだのは、独立した個性で獲得したわけではない。たくさんの人の小説を読むことによって学びとったのです。

人生においても同じだと考えてもいいと思う。自分の個性がすべてわかるほど、あなたは天才ではないのです！

日常生活の中ですら、自分で創造したものは少ない。

たとえば、どんな奇抜な洋服だって、誰かの真似にすぎない。女を口説く文句も、映画や本からの引用かもしれない。

つまり、いろんな人の真似の集積の上で、あなたは生活を営んでいるんです。独創的な個性を作りあげることが、いかに困難であるかが少しはわかったでしょうか。

しかし、同時に個性なんてたいしたことではないんです。

8　自分をどんな形に表現するか

人間の心というのは意外と単純なことで左右される部分があるんじゃないかとも思える。人間なんていうのは、毎日少量の出血のために人生観が変わってしまう。

舞台に立っている自分

ぼくたちが日常生活を営んでいるとき、誰もが自分の気持ちや精神は自分で処理したり、コントロールできると考えています。頭脳から発せられた指令によって、自分の意識をしっかりと支配していると思い込んでいるはずです。

しかし、人間の精神構造というのは、それほど単純ではない。心の奥底にある無意識の世界が、ときにぼくたちの意識を支配し、動かしていることがあるのです。

そのことになかなか気づかない。

人間の精神の奥底に踏み入って、無意識の世界の不可思議さを、ぼくたちの前に示してくれたのが、皆さんもご存知のフロイト（オーストリアの精神病理学者）です。フロイト以後、いろいろな心理学者がこの研究を発展させています。

これらの研究によって、明らかにされた無意識の世界は、次の二種類に分類されている。

一、個人の中に抑圧されたり、認めたくなかったものが、その人の心の奥に無意識に潜んでいる。

二、読者のあなたも、このぼくも、人間の内部には祖先からの経験の蓄積が共通して潜んでいる。これを難しい言葉でいうと「集合無意識」という。

無意識の世界と意識の世界を結んでいるのが「夢」です。夢を見たことのない人はいないと思うけど、これは、潜在意識を映し出す鏡ともいえます。

夢については、いろいろな考え方、解釈がありますが、ぼくたちの日常生活で気がついていないものが無意識の中へ溜って、それが夢に出てくる、というのが定説になっている。自分が気づいていないだけでなく、認めたくないこと、抑圧されているものが夢に現れるというのは、多くの心理学者が述べています。

祖先から受け継がれた経験――集合無意識の中には、誰もが共通してもっている元型というものがあります。それが夢の中に形を変えて出てくることがあるんです。

ユングという有名な心理学者が、この元型を何種類かに分けて説明している。

理想的な女性（男性）、母性的なもの、歳とった賢い人（老賢人）……。これらの元型は、あなたたちにも、ぼくの中にも無意識に潜んでいるもので、これは日常生活の中では、自覚することがほとんどありません。

たとえば、過保護な母親のもとで育った子どもが、大きな沼に吸い込まれ、もがいている夢を見たとします。その沼というのはさきほどの母性的なものという元型が沼の形をとって現れたわけなんです。母親に自由を束縛されることが、沼の中で溺れていく自分のイメージとなって夢に出てくる。

だから、夢に出てくるものは、その人個人のものと、人間の心に共通した元型に触れたイメージのものといってよいでしょう。

自分の中の意思が歩きはじめるとき

無意識の世界には、長い人間の歴史の積み重ねが隠されていて、それが元型として各人の中に残っているというのは、たいへんに不思議なことだ。

われわれの祖先がさまざまな体験や経験をしてきた。その集積があるパターンをつくり、それが新しい人間に受け継がれていく。この伝達は体だけでなく、精神的な面にも伝承されるというのが、あなたたちにもわかったと思う。

だから、ぼくたちは自分の心は意思の力によって制御できると思っていたけれど、実は長い間の祖先の体験が、無意識の中に潜んでいて、それがあなたの行動なり人生を左右していることがあるんだということを知ってほしい。

あなたの人格、行動、思考というのは、決して自分一人だけで形作ったものではなく、いろんな人の心の集積の上から成り立っていると考えたほうが正しい。

映画の『E.T.』が、なぜ全世界の人々に感動を与えたか、それは、この集合無意識の中に潜む元型に触れたからです。

『聖書』のイエス・ストーリーのことなど無関心な日本人まで感動しているのは、単に物語が奇抜で面白いということだけでなく、みんなの心に潜む元型を触発しているからだ、と述べたはずです。

その元型というのは、あなた個人がつくったものではなく、ぼくたちの先祖が同じように求めていたパターンであって、それが『E.T.』の中には潜んでいる。あなたがこの映画を観て感動したとしたら、その元型を受け継いでいるからだといえるでしょう。

ですから、後世に残る芸術作品というのは、どこかで集合無意識の元型に触れるところがある。そのパターンというのは、洋の東西を問わず共通しているはずだと思うわけです。

あっという間に変わる〝自分〟

最近、大阪の歯医者のグループが歯を矯正する器具をつくりだした。歯の内側に沿ってピタッと密着させておくもので、テンプレートと呼んでいます。

この器具を口にはめると、不思議なことに背骨が真っすぐになり、内臓が元来あった位置に戻るので、ゼンソク、胃腸病などの治療に効果がある。その歯医者たちもびっくりし、いまそのデータをさかんに集めているんです。

ぼくはその歯医者に会って話を聞いたんですが、登校をずっと拒否していた子どもが、そのテンプレートを口にはめたところ、翌日から学校に行くようになったということもあったそうです。

これはたいへん即効性があって、いろいろな大学病院に診てもらっても治らなかった側彎症で歩けなかった子どもが、母親に連れられて、大阪のこの歯医者に行ってテンプレートを口にはめたところ、5秒でひとりで歩けるようになった。一時間のうちには自分で階段を昇り降りし、その日の夕方には自転車に乗っていたといいます。

10人の人間がいると、その半分の人は真っすぐ立ったとき、どちらかの肩が上がり、片方が下がっています。それを矯正するには割箸をくわえるといい。右の肩が下がっていたら右の歯の方に、左の肩が下がってたら左に箸をくわえ、そして両肩をゆすってやると自然に高さが矯正されてきます。

このように歯には姿勢とか背骨を正すポイントが隠されているんです。一時はやったカイロプラクティックという背骨矯正法は、そのときは治るんだけど、すぐにまたもとに戻ってしまう。だけど、テンプレートなら、口に入れておくだけで、背骨が伸び、内臓がしかる位置におさまり、血液循環がよくなる。

このように、テンプレートというのは、人間のからだに不思議な効果をもたらすものだということがおわかりになったと思います。が、ぼくが興味をもったのは、その即効性ではなく、登校拒否児童がテンプレートという器具をはめただけで、いやがらずに学校に行くほど明るい子になったということです。

つまり、人間の心というのは意外と単純なことで左右される部分があるんじゃないかとも思える。

たとえば、絶えず出血を伴う痔の人は、人生を暗く考えがちです。ところが、その出血が止まるとその暗い考え方が明るく変わっていく。しゃくにさわることだけど、人間なんていうのは、毎日少量の出血のために人生観が変わってしまう。

このように、心というものは自分の意志だけでは、完全に支配し、コントロールできないのだということを、これらの話は如実に物語っていますね。

ですから、人間の心理というのは意識だけの世界では処理できないものがたくさんある。より根本的なところで、ぼくたちを動かしている無意識の世界があるんだということを考えてみてほしい。

9 あなたが本当の己(おのれ)に気がつく場所

誰もが、意識で作り上げたものが自分だと錯覚している。ひどい奴になると、社会的な地位を自分の本質だと思っているアホがいる。

一歩抜け出した男

あなたは、自分の能力以上のものを引き出す方法を心得ているでしょうか？　何かに夢中になってとり組んでいたり、集中してくると、いまの力を超えたものが自分をあと押ししてくれる、そんな体験をもったことがないかな。

ぼくを含めて、いろいろな作家が不思議な体験をすることがあるんです。自分にとっていい作品をという思い入れがある小説では——ぼくの場合は『海と毒薬』とか『沈黙』——ある章に入ると、いまの実力以上の力が出てしまう。

極端ないい方をすると、だれかがぼくの手をもって書かせているという感じがするのです。たとえば、朝、きのうの続きを三枚書こうとするとき、ある構想をもって机に向かう。が、実際に書き始めてみると、考えてもいなかった言葉や表現、展開が次々と湧いてくる。

これは、ぼくが意識していたことではなく、意識の底に横たわる無意識の力が働いてぼくに書かせている、としか考えられない。友だちの作家連中にきくと、意外に多くの人が同じような体験をしている。

小説を書くとき、いちばん初めに題名を考えるよね。これにたいへん苦しむことがある。布団をかぶって一生懸命に知恵をしぼるんだが、なかなか気に入ったものがでてこない。

そういうとき、よく電車に乗るんです。ぼくは小田急線の玉川学園に住んでいるので、そこから新宿に行く電車に乗り込むわけです。そして腰掛けないで、ドアのところに体をもたせかけ、ボーッと外を無心で見ている。電車の振動に身をまかせ、無心で外の景色を見ていると、フッといい題名が浮かんでくる。題名だけでなく、行きづまった小説のイメージや展開が浮かぶときがあるんです。

このとき、ぼくはべつに題名を考えようとは意識しないことにしている。考えを放棄してジーッと外の風景を見つづける。電車の振動のリズムに合わせて、ぼくの無意識の中に沈澱していたものが動き始め、それがヒントを与えてくれるんです。

ほかの作家にきいてみると、電車の振動がいいというのはぼくだけで、ある人は、ちょっと湿っぽい、小さな部屋で、カーテンを閉めてやや薄暗くしているときがいいという。

またある人は、冗談みたいな話だけど、頭から布団をかぶってジーッとしていることだといっている。

薄暗い、小さな部屋とか布団をかぶるというのは、母親の子宮のイメージといえる。胎児が、子宮内の羊水の中で漂っている状態が、誰でもいちばん安心できる。意識がなくなって安心した状態にあるとき、無意識はいちばん働くんです。

これは、人によってやり方が違うと思うけど、自分の実力以上のものを出したいときは、すべからく、各人が安心できる状況をつくりあげることが大切なんだ。

過去に呑まれてしまった彼女

よく〝虫の知らせ〟という言葉をきく。

今日は飛行機に乗ろうと思ったけど、何となく嫌な気分がして乗らなかった。そうしたら、乗るつもりの飛行機が落ちたなんていう話をききます。これは、われわれの無意識の中にもっている力がそれとなく警告するからです。

人間のもっている危険に対する予知能力の存在は心理学でも説いている。これはぼくたち現代人は稀薄になってしまったけど、森の中に住んでいて、いつも危険に身をさらしていた祖先たちは、随分と鋭い感覚をもっていたと思う。

あなたたち個人の肉体的特徴、体質というのは、はるか昔の祖先たちから次々と受け継ぎ、遺伝してきたものです。肉体的なものが受け継がれていくと同じように、精神的な能力も遺伝するということを考えた学者たちが、ヨーロッパにはたくさんいる。

祖先たちから受け継いできた心理的な作用とか、本能とか、いま生きているぼくたちの中に入り込んでいて、いざという場合に働き始める。これが〝虫の知らせ〟といわれるものの実態ではないかと思う。

原始生活を営んでいた祖先たちは、危険に対する予知本能が研ぎすまされていなかったら生き残れなかったに違いない。その能力というのは、人間が文明生活を営むことで消えてしまったのではなく、われわれ現代人の中にも、無意識の中にだけ残存しているんです。

われわれの無意識の中に沈澱するものにもう一つの種類がある。これは各人の体験、環境によって異なりますが、社会的、道徳上の規制によって抑圧されるものが原因となっています。

人間が社会生活を営む上には、犯してはならないルールとかタブーがたくさんあります。それを自己規制することで、それが無意識の中に欲求不満として残っていく。これは、こうしてはいけないという否定形のものが多い。

その無意識の沈澱物が、あることをきっかけにして、意識の世界に表出することがある。精神分析医や心理学者が報告しているものの中には、たいへん興味深いものが多数あります。

――ある女優の場合。

映画や舞台で、悪女を専門にしていた女優がいた。やがて、彼女は結婚して女優を廃業し、主婦業に専念することになった。結婚生活をしばらく続けるうちに、重症の鬱(うつ)病にかかってしまう。本人はまったく心当たりがない。精神医に診てもらってわかったことは、驚くべき事実だった。

つまり、彼女は女優時代、映画の中で悪女を演じることで、日常生活のモラルやルールを破ってきた。しかし、主婦になった途端、その出口を封じ込められてしまっていたんです。それが鬱病の原因となっていたのです。

——戦争体験のある中年男の場合。

ごく普通の生活を営む中年男がいた。彼はある日、何気なく便所に入って、しゃがみこんだ。その瞬間、膝が硬直して立ち上がろうとしても立てなくなる。整形外科に行って診てもらっても骨にはまったく異常がない。どんなにマッサージしても膝が硬直してしまって、膝がまっすぐに伸びないんです。最後に彼は心療科に回される。そして、催眠療法によって、その原因が解明される。

彼は、若いころ兵隊に召集され中国戦線に駆りだされていた。あるとき、中国人捕虜を銃剣で殺すように命じられた。捕虜は後ろ手に縛られ、しゃがまされ、そして銃剣で突かれて死んだ。

彼はごく普通の男で、職業軍人でも何でもない。捕虜を自らの手で殺す残酷さがたまらなく嫌だった。しかし、上官の命令には逆らえない。やむをえず捕虜を突き殺したんだが、そのときのショックが無意識の中に封じこめられた。彼は意識の世界では、そんな不愉快な思い出は早く忘れようと努力し、長い年月の間に、ほとんど忘れかけていた。

が、便所に入ってしゃがんだ瞬間、殺した捕虜の姿と同じ格好をとった自分を、無意識が自己懲罰の形で脚を硬直させてしまったんです。

人生を陰で支えている部分

日常生活の中で、無意識の世界がいちばん出てくるものが、〝夢〟です。それから、日常生活からはちょっと離れるけど、神話やおとぎばなしというのも、民族固有の共通な無意識が出てくるといわれています。

夢は無意識の世界をさぐる格好の対象といったのは精神分析の創始者であるフロイトですが、彼はそれを性欲だけで説明しようとした。が、無意識の中にはもっとさまざまな沈澱物があることが、現在の心理学で明らかになっています。

しかし、人間の心の中には無意識があるといちばん最初に指摘したのは仏教なんです。仏教では無意識のことを「阿頼耶識（あらやしき）」という。〝ラーヤ〟というのは「溜める」ということ。〝ヒマラヤ〟という山の名があるけど、〝ヒマ〟はチベット語で「雪」をあらわす。つまり、ヒマラヤは「雪が溜っている場所」という意味になるんです。

このように、意識が沈澱し、溜っているところに仏教では「阿頼耶識」と呼び、因果の法則が働く場所といっている。昔やったことが、あとで自分の心の中に作用することを因果の法則と仏教ではいいます。

つまり、過去にやった行為が現在につながるところが阿頼耶識であり、ここは仏の力が働く場所でもあるわけです。

仏教に「唯識論」という教典があり、それによれば、人間には八識があるという。つまり、眼、耳、鼻、舌、身の五感に「意」、「末那（まな）」と「阿頼耶（あらや）」を加えて、八識としている。千数百年も前に、仏教はこんなすごい人間分析をしているんです。

ですから、現在の精神分析の最先端の考え方は、すでに仏教でやっていたわけです。このように、仏教はたいへん鋭い人間洞察を含んだ宗教といえるでしょう。

以上の話から、無意識というものが人生において、どんなに大きな働きをしているかがよくわかったでしょう。ぼくはこれをあなたたちに強調しておきたい。

無意識の中には、過去のいろいろな人があなたに及ぼした影響――よい影響も悪い影響もみんな入っている。それが、何らかの形であなたの人格、人生に関与しているんです。

意識の世界で勉強したことは、なかなか身につかないものです。

たとえば、ある若い男が学生時代にマルクスの本を読んで、一生懸命に勉強したとしよう。が、二〜三年、マルクスを学んだところで、彼自身の生き方、思想を根底からゆさぶり、本当に身についたかどうかは疑問だな。

会社に入ると、そんなものがふっ飛んでしまって、旧マルキストは資本主義の尖兵として活躍する人間が多いんじゃないかな。

意識の世界で作りあげた思想や考え方というのは、さほど長続きしないけど、無意識に働くものは、掛値なしであなた自身のものになっているのです。

といって、意識で勉強することをまったく否定しているわけじゃない。意識で作りあげた自分と無意識に動かされる自分、これが二つ合わさったものが、あなた自身の本質だということを忘れないでほしい。

誰もが、意識で作り上げたものが自分だと錯覚している。ひどい奴になると、社会的な地位を自分の本質だと思っているアホがいる。

たとえば、学校の教師はいつも「先生、先生」と呼ばれるもんだから、いつの間にかそれが自分の本質だと錯覚している人も多い。

また、社長族にも、椅子にふんぞり返って、人に命令しているという「社長」のイメージに自分を合わせようとして、虚勢を張っている人がいる。

が、そういう人が深夜一人になって冷静に自分を見つめた場合、社会的な地位というのは、自分の本質とは違うんだと認識しているはずです。

もう一人の自分、自分の中の自分という感覚というのは、無意識の世界に潜む人格をさしている。それが、今日までのあなたの人生に影響し、後押ししているともいえるかもしれない。

本章では、無意識の引き出し方を紹介したけど、次に、この無意識の使い方によって人生はいい方向にも悪い方向にも変えられるということを、狐狸庵（こりあん）流に考えてみようと思う。

10 あなたは自分の歩き方がわかりますか

ひとつのことを一生懸命やっているということは、最終的に無意識の力を活用することにもなるのです。

くよくよ悩むな裸のあなた

最近、巨人軍の川上元監督と雑誌で対談をする必要上、彼の著書を数冊読んでみた。あなたたちの中には、川上さんの管理野球は面白味に欠けていると批判的な人もいるかもしれない。

しかし、彼はご存じのように、日本のプロ野球の中でも、最も優秀なバッターの一人であり、打撃の神様ともいわれていた。川上さんは、あるとき、突然、打撃に開眼することになるのですが、そこに至るまでの過程で、たいへん示唆に富んだ体験話を披露している。

昭和25年の9月、多摩川でバッティングの特訓をしているとき、ピッチャーの投げる球が、自分の打つポイントで止まったように見えた、と述べています。

そこにたどりつくまでに、彼は同じことを何千回、何万回と繰り返し、試行錯誤を重ね、やっと球が止まったかのように見えたんでしょう。球が止まるはずはもちろんないのだけれど、訓練の末に球が止まって見えるぐらい球筋がはっきり手にとるようにわかった。後にこれと同じような体験を王貞治も語っているそうです。

川上さんはあるとき、正力松太郎オーナーの薦めで岐阜の正眼寺で、一カ月ほど参禅し、そこからいろいろなことを学ぶことになる。

禅というのは一言でいってしまえば、意識を捨てて無心になれ、という宗教です。坐禅を組んで妄想、邪念を払う。禅は、理論や理屈を排し、体験の中から自分自身で何かをつかむことが大切で、思想も捨てろ、人から吹き込まれた考え方も捨てろと説きます。そして、心が白紙の状態、つまり無心になることを目指す。そういう心理状態になれというのがおそらく坐禅だろうとぼくは考えています。

坐禅を組んだ最初の段階では、さまざまな妄想が浮かんでは消え、浮かんでは消える。恐ろしいイメージが目前に現れたりもするらしい。が、そういう状態を通り越すと無念無想の境地に達してくる、悟り(さと)の一歩手前になる。

そこまで達するには、並々ならぬ試行錯誤が必要だと思いますが、単に坐って何も考えないことが無念無想の状態というわけではない。坐りながら意識的なものを次々と捨て去る、という心の葛藤をくり返しているわけです。川上さんは、禅の中からいろいろなことを学ぶが、みんな野球にひきつけて解釈しているところが面白い。そして、たいへん無心というか無意識の世界が大事だと述べています。

バッティングにしても、打とうという意識にとらわれている間は、コンスタントな成績は残せないという。打とうという意識を捨て、無心で打席に立てたときに打つことができる、と川上さんはいっている。

断っておくけど、これは努力するなという意味じゃないですよ。あらゆる努力をして、次から次に試行錯誤を繰り返し、ああでもない、こうでもないと悩み抜いた揚句(あげく)、ぎりぎりいっぱいのところに追いつめられる。そのとき、ハッと無念無想になる。

川上さんは、無心になりきることのできたバッターとして、現役時代の長嶋茂雄選手をあげている。長嶋はチャンスに強い燃える選手だったが、スタンドの大観衆がワーッと声援してくれると、「よくぞ男に生まれけり」という気持ちになるそうです。そういう充実した気持ちで全身がゾクゾクし、五体のすみずみにいきわたる。そして心と体が一元化された状態で、バットを構える。

こういう長嶋の状態を川上さんは〝三昧境(さんまい)〟と呼び、心と体が、打つという行為に完全に没入している姿だと評価している。つまり、禅の無念無想の極致に達しているというわけです。

いざというときの力

私は禅の無念無想という状態は、無意識の力がプラスに働いているときだと思う。この無意識の力の引き出し方は、前章で詳しく述べた。スポーツ選手だけでなく、作家の場合も作品のイメージ作りなどに無意識の力を利用しているんです。

ぼくの初期の作品に『海と毒薬』という小説があるけど、この小説を書いているとき、ある不気味なイメージを象徴する物を出したかった。エジプトにはスフィンクスがあるけど、あの不気味な雰囲気を漂わすものが、日本にもないかと考えたわけです。

つまり、スフィンクスと同じような不気味なイメージを投影したもので、なおかつ、われわれの日常生活の中にあるものは何かと一生懸命に考えた。が、意識的にいくら考えても出てこない。

そのことで毎日毎日苦しんだのちに、たまたま電車に乗ることがあった。もう考えあぐねて茫然として、まったく小説のことも考えられないような状態になっていた。そして、電車の震動に身をまかせていたそのとき、突然、みすぼらしい洋服店のショーウィンドウにポツンと置かれた〝マネキン人形〟のことが心に浮かんできた。

銀座の華やかなショーウィンドウに飾られたマネキン人形なら、われわれは何も感じないでしょう。が、夏の郊外の町にあるほこりだらけの洋服店のショーウィンドウに、古びた木製のマネキン人形がポツンと置いてあったら、不気味な感じがするじゃないか、と思った。

このイメージは、ぼくの無意識の所産であって、意識の世界でいくら考えても出てこなかった。この不気味な雰囲気を漂わすマネキン人形を『海と毒薬』の中で使って、ぼくは成功したと思う。嘘だと思うなら、文庫にも入っているから読んでくれたまえ。

手前みその話になったけど、そういうふうに無意識の中には、思いがけず自分の能力を引き出してくれるものがある。

小説を書いているときでも、まるで自分の筆ではないくらいうまく書けることがある。これは後ろから誰かが手をもって書かせてくれているとしか考えられないと思うことさえあるんです。

川上さんが努力して、ついに無心の境地でバッターボックスに立つ、ヒットを打ち続けるというのは、誰かがぼくの腕をとって小説を書かせてくれているような気持ちと同じなんじゃないか。つまり、川上さんも何者かが自分の腕をとってボールを打たせてもらっているという感覚があったのではないかなと思うわけです。スポーツの世界にも、無意識の力が働くということを、ぼくは川上さんの本から知ったわけです。

読者の中には、ぼくや川上さんの経験は非科学的で納得しない人もいるかもしれない。しかし、現代の心理学者たちは無意識の世界について、たいへん大きな評価をしています。芸術や宗教の創造的なエネルギーも無意識の力ではないかと考えはじめている。それからカンや予知能力なども、無意識の力が働いているものだという学者もいるほどです。その変形が超能力といわれているものであって、これも根底のところでは無意識が大きく左右しているといっても過言ではないでしょう。

この悪魔よけをお持ちなさい

無意識というものは、たいへん楽に活用できる人と活用しにくい人に分かれるだろうと思います。しかし、活用しにくい人も川上さんのように努力すれば、またぼくのようにあがけば、ギリギリのところでパッと入ることができるんです。その限界に達すれば、自分の意思にかかわらず無意識の力は働いてくる。

この無意識の力を考えながら、いろいろな宗教の本を読んでみると、宗教で悟りを開いた人というのは、やっぱり川上さんと同じような無意識活用の体験をもっているということがよくわかる。

たとえば、キリスト教の有名な神学者、ポーロという宗教家を例にとって話してみましょう。いまのキリスト教の考え方の基本は、ポーロ神学によって作られたといわれているぐらい、この人がキリスト教に貢献した功績は大きい。が、彼は初めからキリスト教徒ではなかったのです。

彼はキリスト教の母体となったユダヤ教を一生懸命に修行し、最初のうちはキリスト教徒を憎んでいた。ユダヤ教には厳しい戒律があって、信仰を守るにはたいへんな努力が必要だった。ポーロはそれを忠実に守ってきた。しかし、彼は戒律を守れば守るほど迷いが深くなっていった。

たとえば女性を見て、卑しい気持ちを起こしたらいかん、という戒律があったとする。が、卑しい心を抱いてはダメだと思うほど、よけいにそれが気になってしまうのが人間の心理というもの。肉欲は抑えなければいかんと思えば思うほど、肉欲のとりこになってしまうのが普通です。

ポーロもそうしたワナにかかったんじゃないかと思う。悩みがその極限にまで達したとき、どうにでも勝手にしてくれという気持ちになる。そのとき、彼は聖書を読みキリストの光に打たれるわけです。

ポーロが戒律に一生懸命に取り組んでいるというのは、意識の世界にいる状態なわけです。が、その戒律の中であがいて、もう勝手にしやがれといった気持ちになったときは、意識の世界を捨てて何かに身を投げ出そうという気になっている。いまの自分では解決ができないので、身を投げ出そうとした瞬間、無意識の中にキリストがポーロの心を捕える。彼の迷える魂はキリスト教で救われるのですが、これも無意識の力が働いていると解釈できます。

仏教のほうでも同じような例がたくさんある。鎌倉時代に曹洞宗（そうとう）を興した道元（どうげん）もポーロと似たような宗教体験をしています。彼は当時の中国（宋）にまで行って、数々の修行をされて、禅宗と出会うのですが、あるとき、心身解脱（げだつ）の境地を得る。つまり、悩みに悩み抜いて、極限に達したとき、意識がストーンと落ちたといっています。これが禅でいう無念無想の境地を得ることなわけです。

このような宗教体験、芸術体験や川上さんのようなスポーツ体験においても、無意識の力は働いている。ひとつのことを一生懸命にやっているということは、最終的に無意識の力を活用することにもなるのです。この力を会得した人を「一道を極める」というふうにぼくは考えている。

つまり、一流になる人は、そのジャンルを問わず、誰でも無意識の世界を通過するともいえます。

では、無意識の世界をつかまえるにはどうしたらいいのか？

まず第一に、自分の能力ギリギリいっぱいまで努力しなければいけない、ということは確かです。大半の人は途中で自分の能力に絶望するでしょう。が、絶望したらすべては水の泡。絶望せずにトコトン悩み抜けば、必ず無意識の力はあなたに働きかけるはずです。

自分の力以上の能力を出すことを神の助けと呼んでもいいし、ゲーテ的に〝デモン〟が乗り移ったと表現してもいい。が、これは間違いなく、あなたの中にある無意識が作用しているものなんです。自分の中に潜む能力を引き出したかったら、決して自分に絶望してはいけません。

11 本当の遊び方を知らない臆病なあなた

浪費ではなく、いい贅沢を知ることは、その人の心の余裕を生む。この余裕がなければ自然体にはなれない。だから、その余裕をこしらえなければいけない。

臆病者がある日突然強くなる

この章はぼくの身にふりかかった悲惨（？）なエピソードから紹介していくことにしよう。

先日、大阪に行って用事を済ませて東京の自宅に帰り、二時間ぐらい経ったら突然、尻が痛み始めたんです。

ぼくはこの歳になるまで、痔っ気というものを全然感ぜずに過してきた。二カ月ほど前、友人の阿川弘之（作家）が、痔の手術を受けるといって怯えていたとき、

「人間が下品だから、そんなことになるんだ。オレなんか、そういう不潔な病気にはまったくかからんよ」

と豪語していた。その舌の根も乾かぬうちに、自分が同じ目にあうとは思ってもいなかったので、周章狼狽（しゅうしょうろうばい）してしまった。しばらくほっとけば治るだろうとタカをくくっていたんだけど、治るどころか痛みはますばかり。たまりかねて、ある友人の紹介で専門医を訪れたわけです。

ところが、手術をするといっても、スケジュールが詰まっていて入院などできない。

「あしたは、新潟に講演に行かなければならないので、入院はできないのですが……」

と先生に話すと、もし、痛みに耐えられるなら入院しなくてもいい、といってくれた。それで、その日に手術をやってしまったわけです。

先生の許可をもらったとはいえ、手術の翌日、講演に行ったときは、さすがにぼ

くも円座（まん中に穴のあいた座布団）というものを、人目に隠すように持って列車に乗り込みました。列車の座席にはそれを置いて座り、講演中は、みんなにわからないように、尻を振って痛みに耐えた。尻を振ると、血が脚を伝わっていくのがよくわかった。

ぼくは痛みどめの薬が嫌いなので、一回飲んで、あとは捨ててしまった。そんなことは別に自慢することじゃないけど、みんなが騒ぐほど手術がたいへんなものだとは思わなかった。その第一の理由は、お医者さんの手術がうまかったことによる。

第二の理由は、手術というものに対するなれがあげられると思う。ぼくは15年ほど前に数回にわたって、すさまじい手術をうけている。六時間にわたる手術を二回、二時間の手術が一回、一時間の手術が一回。最近では一時間半の手術を行なっています。いわゆる手術ずれをしている。ですから、全身麻酔でない手術など、あまり手術という感じがしないわけです。

こういうと、ぼくがいかにも強い男のように思う読者もいるかもしれないけど、実は、血などに対してたいへん臆病なほうなんです。うちの家系は代々、藩医を勤めていて、祖父までは医者だったんだけど、ぼくが医者にならなかったのは、血を見るのが怖かったからです。

痛みとか血に対して、これほど臆病な男が、痔の手術などはさほど恐れなくなったのは、さきほど述べたように、先生のうまさもあるが大手術の経験を何回も経ていることによる。痛みというのも訓練で慣れてしまったわけだ。

面白いもので、注射を一本打たれると、ものすごく痛いという感じがするけど、手術で、注射を一挙に六本も打たれると、全然、痛くなってしまう。もう、どうとでもしてくれ、という開き直りの心境になると、注射をバンバン打たれても、痛みを感じない。

このような体験を通してわかることは、人間というものはかつて、人生上、生活上の大きな経験や記憶をもっていると、免疫ができて、ちょっとのことでは驚かなくなる。三度にわたる大手術を体験することで、臆病なぼくでも痔ぐらいの手術にわりと耐えられたりするんです。

女ってちゃんと見てるよ

長々と述べてきたぼくの体験談は、応用の仕方によってはさまざまな生活訓を引き出せると思います。その方法を紹介することが、人生経験の少ない若い人たちに自信をつけさせ、心の余裕を生むことにもなるんじゃないかな。

「生活編」でもふれたけれど、まず、諸君は一流の洋服屋に行って、ものすごくいいスーツを一着こしらえてみなさい。デパートや街の洋服屋にある吊りの背広ではなく、生地を自分で選び、オーダーメイドに仕立ててみる。

親から買ってもらったんじゃなくて、自腹で最高級の洋服を作って着るというのは、無意識のうちに、自信がついてくる。すべての人がそうとは限らないけど、これを実行した三分の一ぐらいの人間は、いい洋服にふさわしい社会的地位に登ることができるということがよくあるのです。

次に、ボーナスが入ったとき、安い飲み屋で四、五軒ハシゴするのも悪くないけど、かなり高級なレストランで飯を食い、酒を飲んでみる。それを少なくともボーナスのたびに三回繰り返す。それをやると実際、どういう効果があるか。

やがて、あなたたちが主任になり、係長になったとき、上司や取引先の人がしかるべき店に連れて行ってくれたりする。その場合、若いうちに、ボーナスをはたき、自腹を切って、一流のレストラン、バーに行った体験のある人間は、キョトキョトしないはずです。

このキョトキョトして落ちつきのない動作というのは、自分はしていないつもりでも、見る人が見るとよくわかる。

銀座の一流のバーに座って、ジーッと入ってくる客を見ていると、三つのタイプに分かれる。

一番目のタイプは、日ごろからこういう場所になれている人で、何の気どりも構えもなく自然体で入ってくる。

二番目は、入ってくるなりキョロ、キョロと周りを見回すタイプ。これは上司などに連れられて物珍し気な様子をしているのが特徴。

三番目は、キョロ、キョロを隠すために、「オレは村中で一番」という顔をして入ってくる。最初に来たときにホステスに「素敵な人ね」とかいわれたもんで、この店に来るとオレはモテるんだということを、表情と態度で、他の客に示そうというのが無意識のうちに出てしまう。

二番目と三番目のタイプというのは、いずれも一番目の人間に比べると自然体じゃない。逆に、自然体になれないので、キョロ、キョロするか、強がりを見せるかのどちらかになるんでしょう。

こういうタイプの人に共通しているのが、オレは誰々を知っているとか、どこの店に行ったことがあるといったことを、さかんにしゃべって、自己の権威づけをしようとする。あるいは、たまたま外国製のネクタイを締めていたりすると、これはどこそこの国で買ったものだ、とホステスに熱心に教えていたりする。

そういう姿というのは、いじらしいといえなくもないけど、ホステスはこういう客に慣れているので、心の中では失笑しているはずなんです。本人たちはそれが全然わかっていない。しかし、これは何といってもみっともない。そういうみっともない態度というものを、男は身につけてはいけないのです。

しかし、すべての若い男がたえず、しかるべき一流のレストラン、クラブに行けるだけの収入があるわけではないから、自然体になるのには、ある程度、歳をとってくるまで待たなければならないかもしれない。が、若いうちにボーナスをはたいて、自腹を切って、高級店に行ったことのある奴は、意外と自信ができる。

だから、いい服を作って、一流のところに年二回ほど行くことを薦める。これは無駄な出費じゃなくて、目に見えない力をあなたに与えてくれることにもなるんです。

人間の慣れというのは恐ろしいもので、もし、自腹を切って行ったレストランより、ちょっとランクの落ちるところへ、上司が連れていってくれたとしても、悠々と構えていられるはずです。これは、ぼくがかつて大きな手術をした体験をもっていることで、今度の痔の手術に対して平然としていられることと一緒です。

だから、ボーナスをもらったら小刻みに出すんじゃなくて、ときには大きくバーンと贅沢をしてみることです。贅沢は敵だ、という感覚はわれわれの世代にはあるけど、若いうちに価値のある贅沢、悪い贅沢という区別も学んでほしい。

女を楽しませる達人の奥義

贅沢ということと浪費とを間違えたらいけない。悪い贅沢というのは浪費という意味でしょう。しかし、いい贅沢というものがなければ、ある意味では文化というものは生まれない。

極端なことをいえば、文学とか美術、音楽というものは、人間が作り出した贅沢品ともいえる。つまり、いい贅沢を味わおうという気持ちがこれらの芸術を生む下地となっているはずです。

セザンヌの絵がなくたって、人間は食えるじゃないか。川端康成の小説を読まなくたって、人生を生きるのに不自由は感じない。ベートーベンやモーツァルトの曲がなくたって、この世は微動だにもしないじゃないか。

しかし、人間と動物の生活を峻別（しゅんべつ）する一つが、この無駄（文化）があるか、ないかにもよるんです。いい意味での無駄には確かに、いわゆる生活上の直接的な影響、効果などないかもしれない。

しかし、直接効果はないけれども、人間の心の中に、これらが及ぼす影響は多大なものがあるはずです。浪費ではなく、いい贅沢を知ることは、その人の心の余裕を生む。この余裕がなければ、先ほどいったように自然体にはなれない。だから、その余裕をこしらえなければいけない。

心の余裕の二分の一は物質（金）によってできる。だから、ボーナスを小出しに飲み屋で使ったり、競馬、麻雀で損をする代わりに、最高級の洋服、一流のレストランに行くことを薦めるわけです。つまり、バーゲンのネクタイを五本買うより、質のいい最高級品を一本買った方が、心に与えるプラス要素は大きいことを知っておくことです。

これはちょっと余談になるけど、男が本当に自然体になり、心の余裕をもつまでには、厳しい修業が必要になる。前ほどの高級クラブの話でいえば、ドアを開けて、自分の席に着くまでの間、気取らずに自然体になるまでが第一の修業。

第二の修業は、吉行淳之介氏のいう「ももひざ三年、尻八年」というのがある。どういうことかというと、ホステスの膝をイヤらしくなく自然に撫でられるまでに三年の修業期間があり、尻をイヤ味なくさすれるまでに、八年の修業がいるということなんです。

未熟な奴がですね、女性の膝とか尻に触れると、ものすごくイヤらしく見えるでしょう。

それをスーッと何気なく触れるまでには、たいへんな研磨が必要になる。こういう心の余裕がもてれば、人生の達人といってよい。つまり、遊びは男を磨く〝場〟でもあるんです。

12 人の心を開かせる関わり方

ユーモアの語れる男というのは相手に親密感を抱かせます。そして、親しみやすい印象をつけるので、相手も胸襟を開いてくれる。つまり、バカ話をすることで、相手があなたに優越感をもち、自分より劣っている奴だなと感じるようにすればいいのです。

女性が無防備になる言葉

前章で痔の手術の体験話をしたけど、その手術をしてくれたお医者さんと話をする機会があって、そのとき「犬や猫は痔にならないけど、あれはなぜか知っているか？」ときかれたわけです。

ぼくもハテなと思ったけど、人間は動物と違ってパンツをはいていることに気づいた。これは、ほとんど天才的なヒラメキだったけど、人間はパンツをはくことによって、お尻をきれいにしなければいけないという考えをもつようになるんじゃないかと考えた。つまり、お尻をきれいにしておかないと、下着が汚れてしまうのは当然。そこで尻をふき始めるようになった。

日本人は初めは川のほとりに家を作って、排泄のたびに川に飛び込んで尻を洗った。いまでも「厠（かわや）」というでしょう。これは川屋という意味。ところが、山の麓（ふもと）に住む奴は、木の葉などでふいていた。次に縄でふくようになる。時代が下がってくると、これが次第に紙になってくるんです。いずれにしろ、このふくという行為は肛門に傷をつけてしまう。そこから細菌が入って痔ロウになるんだよ。

ですから、清潔好きでゴシゴシと尻を紙でふく奴は痔ロウになりやすい。ちょっとぐらいパンツにウンチがついていても、気にしない人は痔ロウにならないそうです。

あなたが女性に「あなた、痔になったことがありますか」ときいたら、だいたい「ありません」と答えるだろうけど、そういう女性は、一カ月に一度くらい下着にウンチをつけていると思ったらいいのだ。

とまあ、ウン蓄のある話を披露しましたけれど、これ全部ウ〝ソや。ぼくの作り話。なぜ、読者諸君をこの狐狸庵がたぶらかしたかというと、この作り話にはユーモアの原型が含まれているからです。

あなたは、全部ウソやといった瞬間に笑いませんでしたか？　この章はそこから話を始めたいと思う。

精神分析のフロイトの弟子にアドラーという心理学者がいます。彼はフロイトの学説にあきたらず独自の学説を展開しました。彼は、フロイトが〝性欲こそ人間の根底にある〟としたのに対し、アドラーは優越感がすべてであるといった。

たとえば、子どもは常に大人に対して劣等コンプレックスを抱いており、女性の場合は、ボーボワールがよくいうように、ペニスがないことがコンプレックスの遠因を作っている。このコンプレックスを補償しようとして、われわれはいろいろな行為をするというのが彼の考え方です。一生懸命に勉強したりスポーツで体を鍛えたりするのは、何らかのコンプレックスを補償しようとする行為ともいえるわけです。

他人に対してコンプレックスを抱いたり逆に優越感をもつことは、日常生活の中でも、しばしば見うけられる。たとえば、会社の帰りに同僚と赤ちょうちんで一杯飲みながら、他の同僚の悪口をいっている。あいつはおべっか使いだとか上司にごますりがうまいとかいって、おだ上げながら飲んでいる。この二人の心理を分析すると、彼らも上司にごまをすりたいんだけど、不器用だからなかなかできない。そういう鬱屈したコンプレックスが、他人への悪口となって表れているんです。

誰かの悪口をいっているその内容は、同時に自分にもある共通の弱点であることに気をつけなければいけない。だから、自分の子どもに喧(やかま)しく勉強しろという母親ほど、学校時代に勉強しなかったんだと考えるべきである、というのがアドラー先生の考え方なんです。いずれにしろ人間は他人に対してコンプレックスを裏返した優越感をもちたいと願っていると分析している。

わが身の置き場所

いまのコンプレックス、優越感の原則は、ユーモアを考える場合にも適用できるんです。笑いの根底にあるのは、他人に対する優越感と批判精神の表れと解釈することもできる。その例を二つほどあげてみよう。

たとえば、道を歩いている大人がバナナの皮を踏んで滑ったとき、子どもが笑ったとしよう。そのとき、子どもは大人のくせになんてドジなんだ。ぼくが大人になったらそんな不格好なことはしないぞ、と考える。これは一種の批判精神を伴った優越感といえるでしょう。

また、われわれは漫才師や落語家の話をきいて笑います。漫才だとボケ役が出てきて、トンチンカンなことをいい、落語では与太郎が出てきて、滑稽なことをすることで観客を笑わす。彼らの役目は、観客より一段劣っているところを見せつけることによって、観客の自尊心をくすぐり、優越感をもたせる。それが笑いを誘発するわけです。

このことを念頭に置いておくならば、人を笑わせることはそんなに難しいことではないということがわかる。

では、実際にどうするかというと、自分が相手より一段低い地点に立って話をすればいい。このときに注意しなければいけないのは、相手より二段下がってしまうと卑屈になるということです。必ず一段低いところにとどめる。

前章で痔の話をしたけど、それを例にとってユーモアの分析をしてみよう。

まず、あなたは、いい大人が（かく申すぼくのこと）なんとバカげた話をするのだろうと思ったはずです。しかも真面目に話しているので、多少、あなたの優越感は刺激されました。

二番目。この話は専門家の医者がいったということを前提としているので、ひょっとすると本当かもしれないと思い始める。ぼくの話に乗ってきました。

三番目、あなたは、美しい女性でも痔にならない人は下着にウンチをつけている、ときいたとき、美しい女性というものを高みから低みに引きずり落としたという子どもっぽい優越感をもったはずです。

そして、最後に「ウソや」という一言で、どんでん返しをつけたけれど、このどんでん返しによって、あなたは自尊心を傷つけられることはなかったはずです。なぜかというと、それはあまりに話の内容がバカバカしいからです。これが真面目な話で、ウソを見抜けなかったことが恥になるというものならば、自尊心は傷ついたでしょう。

以上のように、相手の笑いを誘うユーモア話には、ある程度のフィクションが必要なんです。

相手の優越感をくすぐる方法として、こちらが一段低いところにいることだといったけど、権力をもっている人、偉そうにしている奴の欠点などを拡大して、自分たちと同じ線まで引き下ろすことも、笑いを誘う要素になります。

テレビを見ていると、政治家や文化人、タレントなどの物真似をして笑わせているけれど、これも、有名人や権力者を自分たちの線まで、引きずり下ろすことで笑いを作っているわけです。

先ほどの痔の場合は、手のとどかないきれいな女性も、痔にならない人は下着にウンチをつけているかもしれないということで、自分たちの線まで引き下ろしています。

こういうバカ話を組み立てることは、そんなに難しいことではないのです。ちょっとした体験に多少のフィクションをつけ加えるだけでいい。

ぼくは確かに痔の手術をした。病院に行く途中、犬をひっぱっている人に会った。このとき、人間様のぼくが痛がりながら歩いているのに、犬は楽々と歩き回っている。実にくやしかったね。犬より数段、高等な生き物である人間に痔があって、なぜ犬にないのかと考えたわけです。

そこで思いついたのがパンツ。このパンツと痔を結びつけたのが、先ほど紹介したバカ話というわけ。

この種の発想は、だれでもできるけれども、あまりバカバカしいので、誰もしないだけのことだ。しかし、ユーモアのネタというのは、一見バカバカしいことをいかにも真実めいて話すところにミソがあるんです。

「人生なんて芝居さ」

日常生活の中で、ユーモアのネタをどうして見つけるか。

たとえば、あなたが奈良に旅行したとする。街のあとを回っているうちに、当時の人は便所の汲み取りはどうしていたのかを疑問に感じたとしよう。水洗便所は当然なかったので、汲み取った汚物はどこかに捨てたはずです。

ぼくは疑問に思って、あるとき、歴史小説の司馬遼太郎さんにきいたことがある。彼もそれは考えたことがなかったといいましたね。学者の本にも載っていないということです。でも、必ず捨てた場所、汲み取り人は存在したはずです。そこで、奈良の都の〝おわい屋〟について、真面目な顔をして作り話をし、最後に「全部ウソや」とやれば、相手は笑う。

奈良時代のおわい屋の話などだれも知らないのだから——あの司馬遼太郎さんでさえ——話をきいた相手が知らなくても、その人の自尊心を傷つけることにはならないでしょう。ユーモアのネタというのは、こういうバカバカしい発想をもとにして作ることが秘訣なんです。

次にユーモアを作る構成法を紹介しておきましょう。たとえば、あなたも仕事で必ずミスをしているはずです。まず、そのミスの原因を考えてみる。その理由とミスの結果を並べます。そこまでは事実。が、これをユーモアに転じるには、ミスの原因を誇張すればいいのです。自分の無知とか相手のいうことを間違って取っていたかのようにする。つまり、あなたはボケ役に徹すればよいのです。

ミスの理由を誇張し、巧みに粉飾することがポイント。ぼくにとって痔になったことは結果です。これはそのままにして、その理由をパンツをはくことに求めたのが冒頭の話。パンツというフィクションを巧みに取り入れて色づけしていくわけです。

このようにユーモアが、相手より一段下がって笑わせるのに対し、一段高いところから人を笑わすのがエスプリといわれるものです。バーナード・ショウの警句なんかがこれに相当します。いずれにしろ、笑いというのは批判精神が息づいている。

しかし、不慣れな人はエスプリは使わない方が賢明です。なぜかというと、これは相手の自尊心を傷つける危険性があるからです。批判としては鋭いけど、相手を傷つけ、あいつはイヤな奴だと思われる。

それでは、ユーモアというのは人間関係の中で、どんな効用があるのかを考えてみましょう。

その一　ユーモアの語れる男というのは相手に親密感を抱かせます。そして、親しみやすい印象をつけるので、相手も胸襟（きょうきん）を開いてくれる。

その二　この親密感というのは、人生を長い目で見ると、尊敬をかち得るよりもずっと大切なことなんです。尊敬に価する人というのは、一回や二回話をきく分には、得るところは大きいけど、四回、五回になると、こちらも疲れる。

その三　ユーモアのある親しみやすい人間というのは、世間の風当りも弱い。敵より味方が多く、相手もどこか気を許してしまう。

このように、ユーモアを作る技術を獲得することで、あなたの人間関係はずっと広がり、円滑になるはずです。飲み屋でケインズの理論を話すのと、痔のユーモアをいうのとではどっちが友だちを得られるかといえば、明らかに後者です。

つまり、バカ話をすることで、相手があなたに優越感をもち、自分より劣っている奴だなと感じるようにすればいいのです。

そうすることで、相手はあなたに対して無防備になるからね。ユーモアもその使い方一つで、人生にたいへんなプラスをもたらすことを知っておくことです。

13 自分の中のとてつもない可能性の引き出し方

結婚している男性が女房以外の女性に興味をもったり、深い関係になることは、社会的に見れば悪かもしれない。しかし、男の場合、女に興味がなくなったらもう体が弱っているときだ。

白と黒の選び方

いまのぼくたちは、西洋の教育を受けてきたせいか、物ごとを二つに分けて考える習慣がある。いわば、二つの対立した概念で物を考える傾向があります。

たとえば、きれいに対して汚い、白に対して黒、善と悪、ヤセにデブ、美人にブスといったように二つに分けて考える癖があるんじゃないかな。物ごとを二つに分けて考えることは、西洋人の思考法で、たいへんわかりやすい。つまり、これは二分法と呼ばれる考え方です。

西洋の歴史を見ていると、白人にあらずんば黒人、黄色人といった有色人種となり、また、キリスト教信者でなければ異端となり、プロレタリアでなければブルジョアといった二分法を用いて、明確に敵か味方かを分けてしまうところがある。

ヘーゲルなんかも「対立するものが闘うことによって、歴史の進歩がある」という考え方です。これが西洋人の思考の特徴であって、西洋の学問なり生活を向上させ、発展させたもとになっているんじゃないかと思う。

しかし、最近、ぼくはこの二分法に懐疑的になっている。つまり、物ごとを黒か白かと割り切らなくてもいいんじゃないか。その中間には灰色があるという考え方です。あなたたちの恋人を見てみなさい。さほどの美人でもないだろう。といって、そんなにひどいブスでもない。半ブスにして半美人じゃないのかな。健康面を考えてみても、なんの故障もないまったくの健康人間なんて珍しい。

ぼくもまったくの病人じゃないけれど、といって健康体にはほど遠い。いわば半健康半病人という状態で長い間、生きているわけです。

こうしてみると、黒と白の間には、必ず灰色みたいな中間地帯があるんです。そこに身を置いていた方が楽な場合がたくさんある。黒と白の境界線をはっきりさせるのが二分法で、そこに中間地帯を設けようというのが三分法の考え方なんです。

そこで、ぼくは二分法ではなく、三分法の生き方みたいなものはないかと考えた。人生の幸福、不幸を例にとっても、実際、心の底から不幸だと嘆いている人は何人いるだろうか。普通の生活を送っている人の大半は、半幸福半不幸の状態だと思う。ぼくを含めて、あなたたちも完全な幸福ではないでしょう。が、しかしそれほど徹底して不幸でもないのとちがうかな。半幸福半不幸な状態が人生の中ではいちばん多いのではないか。

さっきもいったように、あなたたちの恋人や奥さんは、ミス・ユニバースみたいな美人でもなく、といって吐き気を催すブスでもないはずです。でも、そこで生きているバランスがとれている。

病気だってそうです。病気をかかえて生きている人はいくらでもいる。結構、会社で働いたりしているでしょう。半健康半病気の状態で、病気と根気よくつき合って長生きしている人もいる。不治の病といわれるガンにしても、まったくこれを撲滅しようという考えはいき詰まっているらしい。そうではなく、ガンと平和的共存はできないかという考えになっている。そういう治療法をいい始めているお医者も出てきた。

長い間、二分法の価値観が支配的であったけど、ひょっとすると、これからは次第に三分法の時代に移りつつあるんじゃないかと思うわけです。

こう考えてくると、男女の社会的な差別なども、男の立場、女の立場を厳密に区別するから、男性の横暴とかいった意見が叫ばれる。つまり、二分法のいき詰まりといってよい。だけど、よく考えてみると、男の中にも女の要素があり、女の中にも男の要素がある。そのことにみんなが少しずつ気がついて、最近では両性共棲論などという考え方も出始めた。

これはなにも、男女が一緒に棲むということではなくて、男の中にも女性的な要素が潜んでいる。また女性の中にも男性的な要素や才能があるんだということを、社会的にも認めようじゃないかという意見です。

いままでの社会は、男性的な職業に女性が進出してくることはなかった。女性は看護婦さんとか美容師さんといった、女しかできない仕事を見つけ、男の職業とは一線を画しているところがあった。しかし、最近になって、社会的に男女二分法で決められたワク組みが、次第にうすれつつあるね。男にも女の要素があり、女にも男の要素があるということを、アメリカの心理学者たちが主張し始め、それがいつの間にか日本にも受け入れられる土壌を作ってきた。

若い世代の人たちの感覚には、ファッションとしてすでに入ってきている。男が女みたいな格好をしていても、いまではもう慣れきってしまった。それから、男が美容師になって、女の髪の毛をいじくったりしていても、不思議なことではなくなったし、誰も奇異に感じなくなっている。

日本みたいに男性優位、女性蔑視の社会が長く続いたところでは、女性がもっている男のエレメントを成長発展させて、社会的に認められる存在になることは稀だけど、そのきざしはある。男性だけの職業だと思っていたタクシーの運転手さんにも、都内には女性ドライバーが何人も出てきた。

医者の世界でも、外科医は男性しか勤まらないなんていわれていたけど、最近、女性の外科医が誕生している。また、女性の社長も増えてきたし、大学教授にも女性がなり始めている。ぼくの母校の慶応大学にも女性教授が出ている。

これは単に、社会的に女性の地位が上がったということだけじゃなくて、三分法の時代になってきたというように考えてもいいのだろうと思う。

善悪と悪善の扱い方

外国の大きな邸宅に行ってみると、建物と庭が完全に分離されている。いわば二分法の世界になっていることに気がつきます。

が、日本の伝統的な屋敷には、家と庭の間に必ず縁側があるね。濡縁（ぬれえん）と呼ばれるものがこれです。これは家の一部だけれども、屋根の外に出ているので、完全な屋内ともいえない。一方、庭の付属物かというとそうでもない。

建物と庭を完全に分離させないで、その境界線をあいまいにすることが日本人の好みといえる。濡縁を作ることで、自然と家とをうまく融和させる仕組みにしているわけです。外国ではよくいわれるように、自然は征服するものであって、人間の住む場所と自然は対立するものとして意識されている。完全な二分法の考え方です。が、日本人は自然と巧みに融合するために、どちらにも属さない場所をあらかじめ用意している。このように、日本人はもともと三分法の好きな国民だったんです。

より精神的なものに関しても、日本人は昔から三分法をとっていたような気がします。キリスト教が日本に入ってきたとき、何が日本人の倫理観と対立したかというと、善と悪を明確にする考え方です。それまで日本人の多くは仏教的な考え方に馴染んでいたので、善と悪を完全に二分する考えは身についていなかった。

仏教の考え方は「善悪不二（ふじ）」といって、善と悪は決して二つのものではありませんと説明している。〝二つにあらず〟という考え方は二分法的発想では出てこない。つまり善も限界を越すと悪になるという思想です。われわれの日常生活の中でも、他人を傷つけてしまうことがよくある。

また、〝悪〟が絶対にダメかというと、悪もときにはよいエネルギーに変わることがある。われわれの心の中で抑えつけている悪の要素がなければ、生きるエネルギーを失うことすらあるのです。

たとえば、「英雄、色を好む」という諺（ことわざ）がある。結婚している男性が女房以外の女性に興味をもったり、深い関係になることは、社会的に見れば悪かもしれない。しかし、男の場合、女に興味がなくなったらもう体が弱っているときだ。

だから、助平な男というのは、社会的にはよいことではないかもしれないけど、助平であるゆえにまたよく働くということもある。

つまり、遊びたいためによく働くという人もいるでしょう。こういうように、悪も善を作り出すエネルギーになることがよくあるのです。だから、仏教では〝善悪不二〟と教えている。長い間、こういう考え方でやってきた日本人が、西洋の勉強を学校でやらされているうちに、いつの間にか善と悪とを明確に二分してしまう倫理観にならされてしまったのではないでしょうか。

イエスとノーの間にある生き方

だから、もう一度、三分法の考え方を見直して、自分の生き方の中にこれをとり入れたらどうか。

会社の人間関係にも三分法を利用したらいい。会社は競争の場だから、ライバルもいるでしょう。だけど、完全にライバルを敵に回すのではなく、半敵半味方という人間関係を作りあげることが大切だ。前に、相手を安心させるには、自分の方が一歩後ろにさがって、劣ったところを見せればいいと話したけど、これも三分法的な生き方です。

ところが、若い頃というのはライバルを作って、そいつと競争ばかりしようとする。そうすると、自分も疲れ、相手の憎しみも倍増する。これではマイナスだけの人間関係になってしまう。

上司との関係でも、二分法的な生き方というのは、直属の上司にベターッとくっついて、その人に忠節をつくすというやり方ですが、もし、その上司がひっくり返ったらもう出世する望みもなくなってしまう。その場合、三分法的なやり方でいえば、八方美人的に、いろいろな人脈を作っておいて、たくさんの緩衝地帯を作っておくことが重要となる。しかし、そういうことは自分の節操が許さないというなら ば、キリスト教的な倫理観に従えばいい。

女性とのことでも、女房を大切にするあまり、女房以外の女とつき合ったらいけないと思っている男がいるけど、こういう父親ほど、女房、子どもを窒息させ、抑圧している場合が多い。こういう人は決して立派なわけではなく、ハウ・ツウ・リブの術が下手な人です。結婚している男性は、女房にわからないように他の女性とつき合ったらいい。わからないようにつき合う才覚のない奴は、女房と一緒に他の女性とつき合うことです。方法はいくらでもある。

ぼくがよくいう、マイナスをプラスにしろというのも、二分法でマイナスをたたきつぶせといっているんではない。マイナスをもちながら、それを逆利用して、プラスに転じる方法を工夫しなさいということなんです。ですから、頑(かたく)なに物ごとを二分法で考えず、もっと融通のきく三分法的な考え方を身につけることです。

14 小さい自分を知ると大きい視点に立てる

人生なんてアホくさい、人間なんてこんなものだとシラけた気分で生きている。でも、人間がわかったような気でいるのは大ケガのもと。

世の中をつまらなくした男

ぼくの若いころというのは、身のまわりに随分と不思議なことが多かった。いまみたいに電気も隅々までできていなかったし、暗いところもたくさんあって、わけのわからないこと、不気味な場所というのが必ずあった。

岩手なんかに行くと、わらしっ子という「座敷童子（ざしきわらし）」の話を大人がほんとうに信じていた。五、六年ぐらい前に岩手に行ったら、爺様たちは信じているけど、中年や若者たちは座敷童子なんか信じていませんでした。ぼくの若いころはまだ、そんなことが信じられた時代で、学生時代には、そういう話に興味をもつと民俗学の柳田国男先生の本などを読んだりしていた。

だから、山なんかに行っても、なんとなく神聖で神秘的なものを感じたものです。学生のころ、夏休みを利用して、長野県の戸隠（とがくし）に行ったことがあった。交通がまだ不便だったので、戸隠の神社まで行くのがたいへんで、汗水垂らして、登っていくわけです。そういう苦労をして、やっとたどりつくから、お参りに来たという実感が湧くし、神様のおられるところへ来たというような感慨もある。

いまでは、バイパスに乗ってスーッと来れちゃうから、どうしても見物という感じになる。だから、だんだん神秘さが薄れ、不思議な場所というものがなくなってしまった。

いまの子どもたちは、夏になって怪談やっても全然驚かないし、お月さんに兎がいるなんていったら、子どもにバカにされるだけだ。子どもたちの世界にも、だんだん素朴な不思議さが失われつつあるんじゃないかな。

科学万能の時代になって、すべてが合理的になってくると、生活や人生のカラクリがみんなわかった気になっちゃう。不思議なところがなくなってしまう。秋の夜長など生きていることに退屈するんじゃないか。

いまの若い世代はシラけているといわれるけど、これにはいろんな理由があると思うよ。しかし、その理由の一つに、身のまわりに不思議なことがなくなってしまったということがあると思うんです。

世の中のカラクリ、不思議なことが、全部わかるように教育されているうちに、だんだんシラけてきた。表面的な知識によって、人生も生活も解明された気になってこの世の中生きていても、だいたいわかるような気分になっているんじゃないかな。だから、シラけるのは無理ないと思うこともある。それを昔に戻せといっても、戻せっこない。

異次元から自分を見れば

しかし、同時にわかりすぎることの寂しさというものも、若い連中は感じていると思う。じゃ、本当に不思議なことはなくなったかというと、必ずしもそうではない。我々が青年のころ感じていた不思議さとまったく次元を異にした不思議さというのが、世の中の知識が発達してくれば、それに応じて出てくる。そういう不思議さに、もし若い人たちが目を向けたならば、いろいろなことに驚きを感じるはずです。

たとえば、最近、生命科学や遺伝子工学などの研究が盛んになっているけど、そういう方面の研究者たちと話をすると、びっくりするようなことばかりです。

ぼくは科学の知識がないからうまく説明できないけど、生命というものをどんどん解明していくと、高等数学の図式が全部あてはまるんだそうだ。数学の方式がピッタリとあてはまる形の構造になっているというのです。

つまり、われわれの理性、悟性で考えていた論理的な法則と、生命の中の秩序とが照合するということです。それは、研究すればするほど、見事に生命の構造と数学的に法則が一致するといっている。

でも、どうしてそれほどピッタリするのか、研究者たちもその不思議さに首をかしげているというわけです。自然に形成された生命の秩序と、人間の理性で作りあげた方程式が一致するということは、考えれば不思議なことです。

科学がどんどん発達していくと、自然に作りあげられた、生命とか宇宙の神秘なまでの秩序にぶつかる。その秩序はいったいどうしてできあがったのか。ここに大きな不思議を感じる。言葉を替えていえば、科学が発達すればするほど、神秘的な謎が深まっていくらしい。

だから、いまの時代の若い人たちには、ぼくたちみたいな座敷童子みたいなものに不思議さを感じなくてもかまわないけど、まったく違った大きな次元の不思議さにぶつかっているんだということは知っておいた方がいい。

この間、宇宙飛行をやった連中をインタビューした本（『宇宙からの帰還』立花隆著）が出版されたけど、かなり面白いエピソードが紹介されている。宇宙に行った科学的な体験ではなく、宇宙に行ってどう感じたか、どうその人間が変わったかという内面的な体験をインタビューしてまとめているわけです。宇宙に行った飛行士たちの大半が宇宙から見た地球の美しさに感動している。

ある者は、宇宙空間で神を感じ、地球に帰還してから、キリスト教の伝導者になった。彼らはわれわれの地球上の営みをまるごと宇宙からながめることで、神を意識するようになる。

つまり、いままでそれが可能な者は神だけとされていたからね。宇宙に飛び出した彼らの大半は宗教というものを考え始めたと語っています。

宇宙飛行士たちは、自然が作り出すもっとも美しい色の組み合わせを宇宙で実際に見てしまう。暗黒の宇宙から見る地球の美しさ、月からながめる地球のすばらしさを体験する。地球を脱出して、人間が月面に立つというのは科学の勝利だけど、その飛行士たちの心の変化までは予想がつかない。

彼らは、地球から飛び出すことで、科学を超えた宇宙の秩序の美しさ、不思議さにぶつかったといえるでしょう。

さきほどもいったように、われわれはほんの一握りの知識だけで、すべてが解明されているような気になって、人生なんてアホくさい、人間なんてこんなものだとシラけた気分で生きてたんじゃないかな。でも、科学の最先端にいる人たちは、科学を超えたところで、さまざまな神秘体験をしている。だから、中途半端な知識で人生を、人間をわかったような気でいるのは大ケガのもとです。

わかった顔をしている奴

飲み屋なんかにいくと、安手の知識を振り回して、すべてがわかったような顔をしている奴をよく見かける。三島由紀夫を精神分析しているのを小耳にはさむことがある。

つまり、三島由紀夫はおばあさん子で、なおかつエディプス・コンプレックスをもっていた。父親に対する恐怖心と愛着が共存していて、それが同性愛に昇華した。そして『仮面の告白』みたいなホモ作品を書かせたのである、という分析をやっていた。

こういうのを安手の精神分析だというんだ。本人は三島の作品は何でもわかったような気になっている。しかし、それを横で聞いていたら、「アホくさ」という感じになるでしょう。

この種の議論は一見、もっともらしい。が、おばあさん子というのはみんな三島由紀夫の作品が書けるかといったら、絶対にそんなことはない。三島という人間は、確かにおばあさん子であり、エディプス・コンプレックスを持っていたかもしれない。しかし、この二つの条件をもっている奴は、世界中に何百万人といるはずです。彼らがすべて、三島由紀夫の作品を書けるかといったら、そんなことがあるはずがない。その中で、三島由紀夫だけがその時代を代表する文学を書き残した。彼にはおばあさん子でエディプス・コンプレックスという側面もあった。が、それ以上に三島を三島たらしめるプラスXがあったということを、安手の精神分析を弄している奴にはわからない。

同じようなことが、人生や生活でもいえる。人間の心とか人生の処世術みたいなものを聞いたり、読んだりすることはいいけど、それですべてがわかったような気になるのは危険です。表面的な知識を振り回して、世の中のカラクリがわかったような気になり、シラけているのはもっといけない。

世の中には、さっきもいったように人間の生命とか、われわれのいる宇宙には神秘的な謎がたくさんある。そういうことにぶつかったとき、シラけた気分など鎧袖一触で粉々になってしまうでしょう。すっ飛んでしまうのではないかな。

毎日の生活が退屈だとか張りがほしいと思っている人は、生命科学の本などを読んでみなさい。科学がどこまで進んでいるかがわかり、人知の及ばない不思議さがどれだけあるかに驚くでしょう。

科学の進歩もいちばん初めは、やはり不思議なことへの疑問、体験から出発しているはずです。それを解明しようとする心が大切だ。世の中には不思議を見ることができる目と、不思議を見ることのできない目というのがあって、不思議を見ることのできない目の持ち主が、最近は多くなり過ぎたのとちがうかな。だからシラけるんじゃないか。もう不思議なことはなくなったと錯覚している。

でも、科学の方はどんどん不思議なものにぶつかっている。世の中、ノストラダムスみたいなものばかりではなく、ちゃんと科学に即した不思議さというものにぶつかることができるんです。

ぼくは座敷童子から受けた不思議さ、そこから柳田国男の本を読んだりして、文学への傾斜を深めたところがあった。が、いまの時代は、生命科学の本が柳田国男の本になるわけだ。そこから、新しい美を創り出したり、芸術ができるかもしれない。

不思議さにぶつからなかったら、人生って面白くないでしょう。不思議さというのは、ミステリーでもあり神秘にも通じている。あなたたちは、安手の知識で満足したり、シラけて勉強しないから、身近な不思議さに気がつかないんだ。

この世の中には、あなたたちが気がつかない不思議さがたくさんある。そのうちの一つでも二つでもいいから、不思議なことにぶつかってほしい。また、不思議なものを見る目を養っておくことです。それが、あなたの人生を豊かにし、価値あるものにする方法じゃないかと思う。

15 自分を守る存在を自分の中につくれ

Xの力が働いて、何者かが筆を持って、動かしてくれているような日がある。
アンドレ・ジイドは、これを〝悪魔の協力〞といっています。

自分の中の不思議な能力

これまでこの本で、数回にわたって、イメージ活用の話、無意識の世界といったテーマは、人生を考える上で、大いに利用できるものだと述べてきました。

そこで本章は、そのポイントを整理し、その考えをもう一歩進めた話を紹介してみることにしましょう。

以前にも話したと思うけど、ぼくが小説を書いているとき、目に見えない力に動かされていると感じることがよくある。つまり、自分の実力プラスXの力が働いて、何者かが筆をもって、動かしてくれているような日があるんです。

こういうときは、イメージがどんどん出てきて、その箇所をあとで読み返してみても、自分ながらよくこんなイメージが湧いたなと思うことがあるほどです。

自分の力を超えた目に見えない力が、そこに働いているのだなという感じさえするんです。これは小説を書いている作家たちがみんな感じています。これは小説の世界だけのことではなく、ほかの創作的分野の仕事をやっている画家や音楽家たちにとっても、同じような体験をしているんじゃないかと思うわけです。

こういった、実力以外のもっと大きな力が働いて、自分を助けてくれることを宗教家たちは〝神の力〟といったり、仏教においては〝仏の力〟と呼んでいた。

また、アンドレ・ジイドという小説家は、これを〝悪魔の協力〟といっています。つまり、デモンという魔的な力の協力があるといったわけです。

しかし、これらの現象なり、不可思議な力を心理学的に分析してみるならば、われわれが日々の生活の中で経験したものが、無意識のうちに集積されていて、いざというとき、そうした集積物が噴出するんじゃないかと思うんです。

無意識の世界には、その人の個人的体験だけではなく、祖先から受け継がれたものも含まれているということは、前に述べたはずです。こういう無意識の集積物が、われわれの心にさまざまな作用をして、実力以上のものをもたらしてくれる。だから、無意識というものの力はたいへん強いもので、人生に役立つものであると再認識したらどうかな。

良心的なお医者さんたちは、私たちは薬だけで病人を治しているんじゃないと口にします。薬を投与することで、その人のもっている自然治癒力のきっかけを作ってやるんだという。

つまり、人間の中には本来もっている自然治癒力というものがあると口を揃えておっしゃいます。ですから、自然治癒力がなくなったら、どんなにいい薬を与えても人間はダメになってしまう。しかし、自然治癒力がある間は、病気を克服できるということなんです。

この自然治癒力は、無意識の世界とよく似ているのかもしれない。たとえば、われわれがピンチに立ったとき、火事場のバカ力みたいな想像もしなかったパワーを出すとよくいうでしょう。それは、一瞬、その人のもっていた潜在エネルギーが噴出して、重い荷物を持ち上げたり、不可能なことをやり遂げてしまう力が出るわけです。

そういう無意識に蓄えられていたエネルギーが、いざというときあなたを動かし、手を貸してくれたりする。しかし、この無意識の力というものは、日々の意識的な生活の中ではなかなか気がつかないものなのです。

ところで、この無意識の力をいつでも引き出せるような方法があるならば、これにこしたことはない。自分流の方法があるならばそれを実践した方がいい。ぼくの場合は、電車の揺れに身をまかせて、何も考えずに外の景色などを見ていると、無意識が動き出すように感じられる。

また、無意識の蓄積というのは結局、日ごろのさまざまな体験を積むこと以外にはないのです。そして、その無意識の領域に蓄えておくものはできるだけ、人生にプラスに作用するものがいいことは当然です。そのためにイメージの作り方や、日常生活での考え方がたいへん大切になってくるのです。

そんな顔をしてはいけない

昔、アメリカでベストセラーになった『信念の魔術』という本がある。ビジネスマンのハウツウ書みたいな形で出版されたんですが、その中で、朝、鏡を見ながら自分が将来やりたいこと、こうなりたいと思う理想のイメージを描いてみましょう、とすすめています。

たとえば、鏡に向かって自分の顔を凝視しながら、自分の夢とすることをイメージする。もし、あなたが出世したいのなら、課長なり部長になった姿を思い浮かべてみるんです。そのコツは、できるだけ具体的な形にしなさいという。社長になりたいのなら、豪華なイスに座っているところとか、キャディラックに乗っているような具合にする。

毎日、そういう訓練をやっていると、だんだん無意識の中で、それが信念となって、知らず知らずのうちにその人を導くようになっていくというようなことが書いてあった。

それを最初に読んだときは、ほんとかいなと疑問を感じたのですが、この年齢になって、自分の経験に照らし合わせてみると、まんざらウソじゃない。

　また最近、無能唱元（むのうしょうげん）さんという人の幾つかの本を読んで、この考え方を具体的にしておられるのを見て我が意をえました。

　深層心理学を勉強してから無意識というものが、われわれを動かしている重要な要素だとわかって、『信念の魔術』や無能さんの考えは、たんにハウ・ツウ・リブの際物（きわもの）ではなく、意外と心理学を踏まえたものだなということが理解できるようになったんです。

　無能さんは、このやり方をもっと進めてみたらどうかと考えたわけです。たとえば、自分の無意識の中にいつも暗いことばかり封じ込めておくとする。オレは今度の試験に落ちるんじゃないかとか、また失恋するんじゃないかといった、自分をダメな人間だと思い込んでいると、そのイメージがいつの間にか無意識の中に蓄えられてしまうといったことも起こってくる。

　よく、自分を卑下する人間は他人にバカにされるというけれど、それは何かというと、自己卑下しているうちにそれが無意識にイメージされて、その人の顔や表情に人から軽蔑されるような卑屈なものが出てくるからです。だから、ますます人からバカにされる。こういった悪循環がますますイジけた人間をつくってしまうことになるんじゃないかな。

いじめられっ子というのも、いつも自分はケンカが弱いんだ、弱いんだと思い込んでいるから、強い子の前にいくと常にオドオドしてしまう。それが、かえって逆に相手のサディズムを誘ってしまうことがあるんじゃないかと思う。

こう考えていくとマイナスの想念のかわりに、プラスの想念を無意識に封じ込めておけば、自分の人生というものは、少なくとも現在よりはベターになるんじゃないか。こういう考え方をまずもつことが大切だとはいえます。

そのためには日ごろから、こうありたい、かくあれかしとたえず心の中で繰り返しておくことだ。しかも、その具体的なイメージ、理想形をまぶたの上に浮かべておくと、それがだんだん無意識の中に入っていくんです。

それが積み重なってくると、イザというときに、大きな力となってあなたを助けてくれる。それが無能さんの提唱するやりかたです。

何を捨て何をファイルするか

われわれの心の中には二つの無意識の世界があります。悪い要素といい要素が存在する場所です。仏教の考え方によれば、悪い無意識の原因になるものを「種子(しゅし)」といいます。人間の心の奥底には、悪い要素である種子がたくさんあり、それが渦を巻いている。しかしそこへ「無量(むりょう)種子」という、いい種子を作っていくと、無量種子がちょうど電気洗濯機の中に洗剤を入れたように、よごれた種子をきれいに清めて、悟りが開けるんだという考え方をしている。

このいい種子、悪い種子の話は、無能唱元さんの本を読んで知ったことなんですが、この考え方というのは、以前からぼくが述べてきたこととまったく同じなので、ここに紹介してみたんです。

悟りの問題ではなくても、人生のマイナス面をプラスに転化することは大切だ。不安とか劣等感、恐怖、絶望といった、マイナス要素をできるだけ無意識の中にほうり込まないようにする。

といっても、生きていればそういう気持ちは起きます。そのとき、すぐ気持ちを転換しないとね。自分の人生の中でいちばん楽しかったこと、幸せだったことを思い出してみる。スポーツで活躍したこととか、彼女を獲得したときなどを思い浮かべると、自然と暗い想念がふっ切れて、マイナスの要素が無意識の中に入りにくくなる。

こういう具合に、自分の無意識の中にプラスの要素をたくさん入れた方が、人生にとっては、明るい未来が開けるんじゃないのかな。

16 たった一人である自分の姿をつかむ

「お前はイヤな人間だ」。でも、これは自分ではどうしようもできないから、自分を超えた何かの力であいつが幸せになってくれればいいなあと願う。そのときです、自分を超えたものを考えるようになるのは。

人生を犠牲にする愚か者

あなたは、人間を超えたものを信じているだろうか。つまり、宗教的なことにどういう考えをもっているだろうか。だいたいこれを読んでいる人の90パーセントぐらいが、無宗教だろうと思う。人間というものに十分な信頼をもった上で生きているから、人間を超えたものを信じていないのでしょう。宗教というのは、人間に対して絶対的な信頼感をもっていないという考え方の上に成り立っているからね。

幸か不幸か、ぼくはキリスト教信者といわれている。世間では、キリスト教信者というのは、煙草も喫わないし、酒も飲まない品行方正なイメージをもっているようだ。そういう意味なら、ぼくはキリスト教信者の名に値しないかもしれない。

なぜかというと、酒も煙草もやるし、まったく品行方正かというと疑問だからだ。このごろ、年をとったから品行方正になったけど……。

だいたい自分が品行方正と思っている奴は、キリスト教信者ではない。自分が立派な人間だと思っているのが信者の条件ではない。曲がりなりにも、ぼくがキリスト教信者だと思っているのはどういうことかというと、神を信じている部分があるということになる。つまり、人間を超えたものの存在を信じているということです。

こんなことをいうと、読者の大半の人が遠藤というのはなんて非科学的な人間だと思うでしょうね。いったい何でそんなものが信じられるのか、疑問に思うかもしれない。いろいろ偉そうなことといっているけど、心の底では迷信なんかを信じている人間じゃないかと誤解するだろう。

本章は、この宗教の問題を考えてみたいと思います。

20歳代のころに、神様を信じられる人がいるとするならば、よほど純真か、あるいは心のどこかに宗教的な素質のある人だと思う。普通、20歳代というのは、そんなこと考えたこともないし、宗教なんてなくても生きていける。

宗教というものを必要とせずに生きていけるというのは、どういうことかといったら、まだ体が丈夫だとか、生命力に溢れているとか、老人みたいに死が迫っていないとかいう理由ではない。そういう意味ではないのです。

若いということは、人間関係がまだ少ない。人間関係が少ないということは、人を傷つけたことが量的にも質的にも少ないということです。若い連中が人を傷つけたといっても、せいぜい友だちをぶんなぐったとか、彼女を孕(はら)ませて捨てたぐらいなものだろう。

ところが、思春期、青年時代を過ぎて、中年、壮年期になると、生活のために自分を踏みにじったり、人を傷つけなければならない回数がふえる。傷つけ方も深くなっていく。

誰も人を傷つけることを望んではいないし、ましてや自分を踏みにじることはしたくないと思っている。若いころは人生についていろいろ考えたり、夢をもったりするものだが、やがて生活の場にまみれると、自分の信念とか理念を踏みつけにしなくちゃならないときがあるものなのだ。つまり、若いころもっていたものを曲げて生きていかなければいけないこともある。これが生活なんです。

自分はこういう生き方をしたいと思うことは人生だ。しかし、生活の中ではそれが実現不可能になることは再三あるでしょう。人生と生活のギャップは当然出てくるんです。自分の人生観の中では、人を傷つけることなんて望んでいなくても、生活の場においては余儀なく人を傷つけることが歳をとるにつれて多くなるのが普通です。

人を傷つけないで生きている人も確かにいる。それはたいへん立派な人か、あるいは社会的に静かに暮らしている方だ。つまり、人生に対してあまり欲望のない人だね。だけど、普通に社会生活を営んでいる人は、どうしても他人を傷つけざるを得ない。その自覚がしだいに深まってくるのが、中年、壮年の時期だと思うんです。

「これでいいのか」と力む奴

そして、自分が傷つけたものがはね返ってくるのが、壮年の時期を過ぎるころにやってくる。そのとき、だいたい二つの考え方に分かれる。

一つは、これは仕方なかったんだから忘れようという人。

二番目は、仕方のないこととはいえ、つらいことしたなあ、という気持ちになる人。

これは後悔ともちょっと違うんだけど、たとえば、いま60歳以上の人には、いまわしい戦争体験があるでしょう。ぼくの年代の中にはうようよいる。彼らは、自分が殺さなければ、敵に殺されてしまう状況の中で、やむをえず人を殺してきた。上官の命令とか生きるための行為であると納得していても、この時期になると、そういうのがはね返ってくる。

そんな大げさなことじゃなくても、女を棄てて、彼女が涙を流しながら自分をぶった記憶のあるという人は、かなりいるんではないかな。若いころはそんなに気にならなくても、中年を過ぎると、それが忘れられないようになってくるんだ。

いまとなっては、自分の努力では彼女をどうしてやることもできないと思うとき、はじめて宗教というものを考え始めるようになる。棄てた女に何か償(つぐな)ってやりたいとか、オレがあいつの人生に触れなかったら、違う人生を歩んでいたんじゃないかと考えこんでしまうときがあるんです。

いくら自分をごまかそうとしても、心の中にふっとそういう声がする。お前はイヤな人間だぞ、と。でも、これは自分ではどうしようもできないから、自分を超えた何かの力であいつが幸せになってくれればいいなあと願う。そのときです、自分を超えたものを考えるようになるのは。いわば宗教を考える時期だね。

しかし、そういう人生の経験をまだもったことのない若者が「人間を超えたものなどないぞ」とたかをくくってはいけない。何もその苦しみを味わっていない人だからね。あえていうなら、人間を超えたものについて考え込むような時期が来るかもしれないんだ、という気持ちはもっていてほしい。それが宗教を考えるいちばんいい姿勢だと思う。

結婚して、子どもが病気で苦しんでいるとき、「なんでこんなかわいい子どもが苦しい思いをしなくちゃいけないのか。神様、どうか助けてくれ」という〝苦しいときの神頼み〟であってもいい。そんな思いをすることが必ず人生には出てくる。しかし、そのときまでは、神は存在するだとか、いや、神などいない、といっても仕方がない。

自分の経験を度外視して、神の存在を論議しても始まらない。

このようにみてくると、人生の流れには三つの時期があると考えた方がいい。青年時代、壮年時代、老年時代と区別する。

青年時代というのは肉体中心の時期。肉体というのは、体という意味だけじゃないよ。つまり、感覚的な喜びを追求することが中心となっている。オートバイをぶっ飛ばすとか、ディスコなんかで体を動かすことに喜びを感じる時期だ。べつにセックスだけの問題ではない。

それから、中年、壮年期は、体がやや衰えてくるから、心の喜びに比重が多くなってくる。会社で出世するのがうれしいとか、子どもがすくすく育っていくのが楽しいといった時期。つまり心の時代。

それを過ぎると何がくるか。肉体、心の時代といったような適切な言葉はないが、あえていうならば、肉体と心を超えた〝霊の時代〟だということができる。この時期になると肉体というものにほとんど関心がなくなってくる。

ジョギングする老人もいるけど、これは若いころのジョギングと違って、汗を流して肉体の快感を得るというよりは、若さを保つとか、死ぬことを一日でも延ばすためにやっているにすぎない。だから、彼らのジョギングも霊が支配している。なぜ、霊の時代に入ってくるかというと、人間を超えたものの世界に入っていく準備だと思う。これは退化ではなく、ダーウィンの進化論でいえば、人間も種子、芽、茎、花という段階を歩むのかもしれない。まあ、霊の時代のあとに何かがあるのか、ないのか、それは誰にもわからないことだけれど。

このように、人間というものを体、心、霊の三分法で考えた方がわかりやすい。従来の人間観はいつも心と体の二分法だった。アメリカなんか二分法に対する考え方を捨て始めている。二分法の考えをわれわれに植えつけたいちばんの罪悪はキリスト教だ。

我々はふつう、精神と肉体の対立とか、善と悪とか、神と人間というふうに二分法で割り切る。人間の精神を二分法で考えるのは、キリスト教が広まったローマ時代に確立する。その前は三角形の定理、ピラミッドなどでわかるように三分法が中心になっていた。それを、キリスト教が異端だといって消してしまった。いま、それについて非常に反省しています。

「神は人間によって作られたもの」なのか

このように、いままでの科学や哲学では人間を超えたものを否定してきた。20世紀前半までの科学は確かに否定していたけど、いまの科学者の20〜30パーセントの人は疑問に思っている。科学をつきつめていくと、人間を超えた存在のあまりのすばらしさがわかってくるんでしょうね。

だから、若い人が、19世紀の科学観で、人間を超えたものを否定したり、嘲笑しない方がいいというのがぼくの考えだ。

数学者の岡潔さんは、方程式では割り切れないものを感じ、晩年はたいへん宗教的なことをいい出しました。

もっとも合理的、科学的といわれる数学でさえ、徹底的につきつめると、人間を超えたものを感じ始めるようになる。ですから、徹底的にやる前にそういうものをバカにするのはやめた方がいいでしょう。

すべて、科学的に割り切れると思うのは人間の傲慢さであって、ある種の畏れ、畏敬がないといけないと思う。

科学的な考え方をつきつめていくと、必ず宗教の問題にぶつかると思う。

心理学の分野でも、人間の心理を解剖できるという立場にあったが、いまの心理学者はそんな傲慢なことはいっていない。人間の心理はどうしても分析できない部分があることに気がつきはじめた。

その分析できないものの中に、ある原型みたいなものがある。日本人であろうが、ヨーロッパ人であろうが、共通したイメージが夢などに現れてくる。これは神話などにも顔を出すみたいだな。

フロイトの時代は夢は分析できるという確信があったが、いまはその分析にも限界があるとしている。つまり、心理分析という一つの科学的な方法が不可能になってきたといえる。やればやるほどわからなくなっているんです。

それは他の科学の分野でもまったく同じようなことが起きているといってよいのではないでしょうか。

つまり、従来の科学体系からはみ出した存在、人間を超えたものを感じ始めているんではないかな。

もう一度まとめてみると、人生の中では宗教を考える時期というものが必ずやってくる。それは複雑な人間関係にもまれることによって、気がつく問題であるということだ。

そして、自分の力の限界を知ってなおかつ、人間を超えるものを求めざるを得ない人間の哀しさ、畏敬を味わわないとわからない、ということです。若いころ思っているほど、人生は単純ではないし、奥深いものといえます。

エピローグ

あなたは自分を本当に愛しているだろうか

今にとらわれてはいけない

ぼくの仕事場は、東京の代々木というところにあって、近くに大きな公園、代々木公園があります。

そこでは、メーデーを始めとしていろんな集会が開かれている。プラカードにスローガンを書いて、大勢の人が集まってくるのが見えるわけです。「日本を美しくしよう」「自然を破壊から守ろう」という文句をプラカードに連ねて話し合っている。ところが、翌日になると「日本を美しくしよう」と書かれたプラカードが道にほうり捨ててあったりする。

言行不一致の極端な例がこれだと思うが、参加者は別に悪意があってやったわけではない。ちょっとした気づかい、配慮を欠いたために、周りに迷惑をかけたり、人を傷つけたりすることが、ぼくらの人生では多いのです。この捨てられたプラカードも日本を美しくしようという気持ちがあるにもかかわらず、周りの住人への配慮、迷惑に気がつかなかったのです。

ぼくたちの日常生活をふり返ってみても、誰もが悪意をもってやっているわけじゃないけれど、迷惑を蒙(こうむ)ったり、つらい思いを強いられることがたびたびあります。

たった一言、ちょっとした配慮のないために、人は傷つき、不愉快な目にあったりするものです。

いまぼくは、〝心あったかな病院〟というのを夢みて、みんなで考えようじゃないか、といろいろなところで呼びかけているんです。これは設備の立派な病院という意味ではなく、たとえば、注射のときに「痛いからちょっと我慢してくれよ」と先生が声をかけてくれるとか、看護婦さんが患者の身になって励ましてくれるような文字通り〝心あったかい〟病院のことです。

そんな医者や看護婦さんの一言が、あとになって患者から感謝され、または救いになっていることがあるんじゃないかと思う。何気ない言葉によって、相手にあったかな心を通じさせることが必要なんじゃないだろうか。とくに病院という場所ではそれがたいへん重要だと思うんです。

＊

ぼくが〝心あったかな病院〟ということをやろうと考えた動機の一つは、20年ほど前に大きな病気にかかって、三年間くらい入院したことがあるからです。そのころ、これでも一応新進作家といわれた。そのときバタッと入院してしまったので、友人の小説家である吉行淳之介君とか安岡章太郎君とかがいいものを書いているのをみると、病床にいて「ああ、オレも健康なら頑張れるのに、いい小説書けるのに……」と考えた。

見舞い客も、一年たち、二年たつとだんだん少なくなって、三年もたつと誰も来なくなる。いま思うと、この三年間というのは、生活上からいっても非常にマイナスだったと思う。

だが、ぼくはそのときから、人生と生活を区別して考えた。つまり、生活におけるマイナスというのは、何とかすれば人生におけるプラスになる、というふうに考えるようになった。

そこの病院で、いろいろ苦しい思いもしたし、体中ズタズタに切られたけれども、そのおかげで、病気が治ってからそれまでのかなり生意気な性格が直りました。完全に直ったとはいえないけど、少なくとも自分の周りに苦しんでいる人をたくさん見ることができた。他人の苦しみというのを、我が身の苦しみに引き寄せて考えられるようになった。それから、やはり死にかけたから、そのときにいろいろ考えた。そのおかげで退院してから自分の小説をいくつか書くことができた。このようにあれこれ考えてみると、生活におけるマイナスというものが、自分の人生におけるプラスになったということは確かだった。

そんなわけで、病気の人の苦しい気持ちが多少わかるようになったところへもってきて、こんなことがあった。

三年前に、うちのお手伝いさんがお正月に実家に帰って、風邪をひいて戻ってきた。それがそのまま尾をひいて、三日たっても四日たっても寝床から起きあがれない。近所のお医者は風邪だというばかり。一週間たっても起きあがれないものだから、ぼくの知りあいの医者に診察してもらったところ、すぐ大病院に入れろという。「何か疑わしいところがあるので、血液検査してもらえ」という。そこでいままでとは違った大学病院へ入れることになった。

血液検査をして、結果はその場でわかった。医者がぼくを呼んで、「骨髄ガンだ」といった。

「どのくらい生きられますか」

「二カ月です」

「もう絶対ダメですか」

「ダメです」

彼女はもちろん知らないわけです。まだ二十二、三の娘です。もう、その日から嘘のつき通し。

「二カ月したら退院できるぞ」

「そうですか、二カ月したら退院できるんですか」

というんだけど、〝退院〟という意味が違うから、こちらもつらかった。

病院に見舞いに行くと、ときどき彼女が泣いているんです。「どうして泣くんだ」というと、彼女は自分が不治の病にかかっているとは知らないから、毎日検査室に連れていかれてレントゲンをとったりいろいろな検査がある。だから、明日検査だとか今日検査だとかいうときになると、つらいといって泣く。骨髄ガンというのは、人がそばを通るだけでも痛いのに、たびたび検査があるんです。

ぼくは、初めはだまっていたけれど、そのとき、こう思いました。治療のための検査なら納得いくけれども、二カ月後に死ぬことが決まっている患者に、なぜ検査をしなければならないのか。だから、お医者様に、

「助かるための検査ならいいんですが、二カ月後に亡くなると先生はおっしゃるのに、どうして検査をするんですか」

といったら、

「遠藤さんの気持ちはよくわかる」

といってくださった。

そのお医者様や看護婦さんたちは実によくやってくれたけれども、やっぱり検査は続けられました。

それはなぜかというと、そこは大学病院だからなんです。大学病院というのは研究の場所だから、学問的データを集めなければならない。しかし、事前に、ここは大学病院だから検査をしなければいけない、せざるを得ない、それを許してくれないか、ということを我々の方へあらかじめ了解を求めてくれていれば、ぼくのような疑問は起こらなかった。何の説明もなくそういうことがあったためにぼくはそんなふうに思ったのです。

そういうことがあって、あれやこれやで病院をよくみてみると、悪気ではなくて、病院というものに馴れきってしまっているために、無神経なことがとても多いことに気がついた。もうちょっとこうしてやったら患者は楽になるのにとか、こんな無用な屈辱を与えずに済むのにとか、無用な苦痛を与えないで済むのにと思うようなことが、いくつも目についたわけです。

ぼくはそのとき、自分のできる事は何かないかと考えた。そして、彼女が苦しんでいるのを見て妻が茶断ちをはじめたので、ぼくも何か断ってやろうと思って、いちばん好きなタバコをやめた。〝タバコ断ち〟というのは、自分のためにだったら断てないけど、人が苦しんでいるのだからと思うと、すぐ断てるものだということがわかった。自分のためにではなくて人のためにやったら、すぐ断てるものです。

それはともかく、ぼくの唯一の武器はマスコミだから、〝心あったかな病院〟というのをみんなで考えようじゃないか、無用な屈辱、無用な苦痛というものを、できるだけ患者に与えないようにお医者様、お願いします、ということを読売新聞の小さなコラムに書いたら、手紙の来ること、来ること。実に七〇〇〇通あまりも来てしまった。

この七〇〇〇通も来たということは、いまの日本の病院に入院している患者の人たちがいかに無用な屈辱、無用な苦痛を、病院側の悪気じゃなくてもいろんな形で味わっているかということだ。しかし、そんなことをいうとお医者様に叱られる。病人というのは弱いから、病院へ入るとてもいえない。そのいえなかった多くの患者の人が、ありがたいというわけで、手紙をくれたわけです。

もちろん中には、患者のエゴイズムから書かれたものもあった。その他、お医者様からも手紙が来ていて、あなたのいうことはよくわかるけど、もっと病院の仕組を知ってほしい、病院の制度、組織、それから保険などをもっと勉強してほしい、という内容でした。それから、若いお医者様からも、「ぼくは病院に入ってやっぱりそういうことを感じます。遠藤さん頑張ってください」という手紙が来た。しかし、また、「生意気いうな、シロウトのくせに」と怒ってくる手紙もあった。

愛することほど偉大なことはない

ぼくのいっている無用な屈辱、無用な苦痛というのを具体的にいうと、こういうことなんです。たとえば、あなたが大きな病院に行って検査を受ける。すると、検査室で尿器を渡されて、おしっこを採ってきてください、といわれる。いまは、近代的な新しい病院だと、検査室のとなりにトイレがついているけど、古い病院ではかなり大きな病院でも、廊下のずっと端にトイレがついていることが多い。そこへ紙コップとか尿器を持っていって、自分のおしっこを採って戻って来るわけです。

考えてみてください。衆人環視の中、外来の人がジーッと待っている前を、尿器を持って歩いているという図は、日本の病院ではいくらでもあるでしょう。ぼくら男でもそんなこと嫌なのに、まして若い娘が、自分のおしっこを持って通っていくというのは、ちょっとかわいそうで、見ていられないです、気の毒で。ぼくは、そういうことを、

「やっぱりやめた方がいいのではないですか」

というと、病院の人たちは、

「どうして？　検査のためだから、おしっこなんか恥ずかしくないでしょう」

という。

そのとき、ぼくは、日常生活において、我々が恥ずかしいという感覚と、病院における感覚とがやっぱり違うということを、病院の医療者たちはあまり気づいていないのがわかった。

たとえば、ぼくは手術を三回受けた。手帳をもらってないだけで、これでもぼくは身体障害者なんですが、退院したとき、手術場の看護婦さんみんなを、お世話になったお礼にレストランに食事に招いたことがある。そのとき、ぼくたちの目の前で、犬が自転車にバーンとはねられた。そして、犬が血ま

みれになったら、看護婦さんたちが、キャーッ！　と叫ぶんです。そこでぼくはいった。

「あなたたち、ぼくが血まみれになって手術を受けているのを平気で見ていたくせに、犬が血まみれになったのを見て、なんでキャーッというんですか」

　そうしたら、

「あそこは病院ですよ。あのときは仕事ですけど、いまは仕事してるときじゃないから」

　という。

「やはりそうでしょうね」といったんです。ぼくらは、病院の外にいる人間で、外にいる人間が中へ入っていけば、神経が違います。病院の人が外に出て、犬が轢かれて死んでいるのを見て、キャーッというのは、これと逆だけど、外来の患者として、日常の感覚をそのままもって病院に行ったら、当然違う。

　日常の感覚で、血というのは気持ちが悪い、おしっこは汚いという感覚で病院に行く。ところが、病院の方では毎日毎日それを見馴れているから、です。

「それを汚いというのはおかしい感覚ですよ」という返事が戻ってくるわけ
「どうしてそんなに汚いっていうの」

というから、

「いや、汚いとはいわないけど、少なくとも屈辱でしょう。女の人にとっては」

「でもうちの建物は古いから、トイレと検査室とが離れているのを改造するのはお金がかかって仕方がありません」

というふうに、全部病院のせいにする。

でも、そのために頭を使ってほしい。

たとえば、検尿だったら、尿器の下に当人の名前を書いて、トイレに置かしておく。ひととおり終わったら、検査員が手押し車を持っていって、まとめて回収すればいい。そうすれば、患者は屈辱的な思いをしないで済む、というと、「ああ、そうか」とはじめて気がつく。

また病院に入院したり、お見舞いに行ったことがある人はわかると思うけど、どこの病院でも夕食は5時と決まっている。一般家庭で5時に夕食という家がありますか。運動しているとか、働いていれば腹もすくけど、動かないところにもってきて、ただでさえ食欲がないわけです。おまけに、病院の飯はどこもまずい。

テレビ局の人が、モーニング・ショーで全国の病院の食事を全部画面に出して、コンクールをやったらどうでしょう。同じカロリーで、どれがいちばんうまいかというコンクールです。どれも落第でしょうな。

ただでさえまずい食事を5時に運ばれて、ちゃんと食べれる人というのは少ないと思う。すると、看護婦さんが来て、

「山田さん、食欲ないの？」

というけど、当り前ですよ。

ぼくは、そういうことをもう少し考えたらどうですか、といったら、5時すぎは人件費がかさむし、大きな病院では組合があるし、労働時間の問題もあるという。

でも、もう少し頭を使えば、二食制の患者と三食制の患者を分けるとか、

昼食のカロリーを夜の方に回してやるとか、いろいろ方策はあるでしょう。そういう方策を一向に考えないんです。つまり患者への心遣いがないんです。でも、こういうことは悪気でやっているんじゃないですから、ぼくは非難しているのではない。

しかし、そういうことを改善していくと、患者さんというのはあったかい気持ちになります。病院というもので無意味な屈辱を味わわないで済みます。

夏に大きな病院に行くと、カーテン越しに診察の声がみんな聞こえてくることがある。病気というのは、ある人にとってシークレットの場合がある。それなのに、女の患者さんに、あなたの生理はいつ終わったの、なんていう声が丸聞こえで伝わってくる。

アメリカの大学では、医学部を卒業するときに、二つのことを誓約するんです。一つは患者の秘密を絶対漏らさないこと、もう一つは無用な痛みは与えないこと。日本では、そういうことは、まったくおかまいなし。そこを指摘すると、

「でも暑いし、ルームクーラーの設備が……」

という。

「それならせめて、診察が終わったあとの出口を向こう側にしてあげたらどうです。そうすれば診察を受ける患者に顔を見られないで向こうへ行けるから、まだ楽でしょ」

というと、

「ああ、そうですね」

とうなずく。

こんなふうにみてくると、日本の病院というのは、患者の心理をあまり考えていない。

ぼくは二年くらい前に、鼠蹊部が突然痛くなったことがあった。でも、どこへ行ったらいいかわからない。そこで、近所の泌尿器科に、自分の名前では恥ずかしいので偽名を使って行きました。すると、そこの医者が診察もしないでいきなり、

「あんた、遊んできただろう」とぼくにいうわけです。

「遊びませんよ」

「いや、わかる。しかし、治してやる」

といって、お尻に一本五千円もする注射を四日間も打って、二万円もとった。ぼくとしては全然覚えがないのに、そんな抗生物質を打たれて。

それで、謹厳朴直（きんげんぼくちょく）のぼくの友人に相談した。

「君はそんなことをしたのか」

「いや、そんなことをした覚えはない」

というと、

「じゃ、正々堂々と大病院に行きたまえ」

というんだ。

それもそうだと思って、大病院へ行ったけれど、ぼくもテレビなんかで、多少顔が知られているから、帽子をかぶって、サングラスをしたりして、実に情け無かった。本当にテレビなんか出るもんじゃないと思った。

大体ぼくが近所で焼芋を買っていたら、学生が来て、

「あ、遠藤さんですか」っていうから、

「ああ、そうです」といったら、

「遠藤さんでも焼芋食うんですか」

なんていうんだ。まして大学病院の泌尿器科へ行くのは恥ずかしい。だから、悪い病気じゃないということのために、保証人として、カミさんを連れていったんです。

控室で順番を待っていると、看護婦さんが診察室から顔を出して、「遠藤サーン」そこまではいいにしても、「遠藤サーン、遠藤周作サーン」とフルネームでたたみかけるように呼ぶ。周りの患者さんは、みんなジーッとぼくの顔を見るじゃないか。

こういうことは、悪気じゃない。でも、当人がサングラスをして、帽子をかぶって来ているのに、無神経だと思う。これを無用な屈辱というんです。

それで診察を受けたら、

「遠藤さん、どうもうちの科とは関係のない病気のようですね。ひょっとしたら、整形外科の方じゃないですか」

というので、整形外科の診察を受けたところ、小説家という仕事柄坐っていることが多いもので、変形腰椎（ようつい）だということがわかった。

「どうしたら治りますか」

と聞いたら、体操をすれば治るといわれたので、いわれた体操をしてると、じきに治ってしまった。

そのときその医者に、

「ぼくが変な病気じゃないという理由にカミさんを連れて来ました」

と説明したら、その医者はぼくの顔を憐れむように見ていった。

「いやあ、ここに来られる患者は、たいてい悪い病気のときは奥さんに移しているんで、ご夫婦同伴で来られる」

どんなときでも人間は一人ではない

健康のときはわからないけど、病気になると、本当に苦しい思いをすることが多い。やがて、あなたたちも老人になり、その五分の一は呆け老人になってしまうに決まっている。あとは、いろんな病気になってしまうだろう。

病気になった人はわかると思うが、いろんな苦しい検査も受けなければならないときがある。ぼくは、気管支に管を入れて肺を覗く検査、胃の検査で使うバリウムと同じものを入れてレントゲン写真を撮る検査で、これを何回も受けた。

「遠藤さん、写真がブレるから咳しないでくださいよ」

といわれてバリウムを注入される。ぼくは咳をしないようにと思って我慢している。でも、誰だってノドから気管に異物が入れば咳は出るものだ。ぼくはしたいんじゃない。自ずとノドが咳込むんだ。

すると、

「咳するな、というのに、なぜ咳をするんだ、神経質だな、君は」

と顔の上の方から医者がいう。

こんなのは悪気じゃないにしても、無神経だというんですよ。

それから、気管支へ管を通して覗かれているときに、突然若い看護婦の学生がドヤドヤ入ってきて、その先生が人の許可も得ないで、

「この検査の場合は、患者さんのここを押さえてあげましょう、ここを押さえると楽になります」

などといって押さえるから、かえって苦しくなってしまう。そんな経験も

しました。

　でも、病気をして、そういう苦しい検査なんかを受けているときに、何でこんなに苦しいんだろう、肉体的に苦痛を受けるのが、何でこんなに辛いんだろうと考えた。それでわかった。ああ、孤独感が伴っていたんだな、ということが。

　あなたたちが夜中に歯がズッキンズッキンと痛いときに考えてごらんなさい。世界に五万といま歯が痛いという人がいるということを。まずあなたは絶対考えないはずだ。自分一人だけが真夜中に歯が痛くて苦しんでいると思うだろう。

　これも、ぼくが昔入院していたときのことだけど、夜中になると「ウォーッ、ウォーッ」という声が聞こえてくる。ここは大学病院だから、家畜小屋から実験用の動物が吠えているのかと思って、翌日看護婦さんに尋ねました。

「あら、遠藤さん聞こえたの。あれは肺ガンの患者さんでね、しかもお医者さんなんです。痛みが激しくなったので、モルヒネを打っていますけど、そんなに打ってはいけないのでモルヒネが切れるとああいう呻(うめ)き声を出しちゃうんです。本当にごめんなさいね」

「いや、ぼくは一向に構わんけど、モルヒネが切れたときはどういうふうにしてあげてるの」

ときいたら、

「手を握ってあげるの」

というわけです。「そうすると幾分おさまるんですよ」という。

ぼくは、看護婦さんが手を握ってあげるだけで痛みが和らぐというけど、そんなことはないと思っていた。

しかし、ぼくは手術を三回受けたけど、一度目の手術のときは、麻酔が醒めて、もう痛くて痛くて「イテーッ」と叫んだり、ノドがかわいたから「水くれーっ」といったり、「さすってくれーっ」と付添いのおばさんにいっていた。そうしたら、そのおばさんが看護婦さんに話している声がモウロウとした意識の中でかすかに聞こえてきた。

「私はね、この人の前に吉川英治さんという小説家についたんだけど、あの方が麻酔から醒めて目を開くと『みんなご苦労だったね、休んでくれ』といわれた」というんです。

「それに比べてこの人は、麻酔から醒めると揉めとかさすれとか、水くれっていったり、偉い小説家とダメな小説家は違うわね」

ぼくは心の中で「何だ、吉川英治なんて」と思ったけれど、でも、吉川さんはやっぱり偉かったんだなあ。

そのとき、痛み止めの注射を度々打ってはいけないからと、看護婦さんが手を握ってくれた。そうしたら、自分の痛みが向こうに腕を通してずーっと伝わっていく感じがある。少なくともこの人はぼくの痛みがわかってくれるんだと。ウッて呻くと向こうもグッと手を握ってくれる。わかってくれるんだなということがわかった。それによって随分助かりました。そのときはじめて、苦しみというのは必ず孤独感が伴っているのだということがわかった。その孤独感が、「あなたの辛さがわかっているんだよ」という行為によって、肉体的な痛みさえ、全部は鎮まらないけど非常に緩和されるということが、そのとき身をもってぼくはわかったんです。

だからぼくはいま、12人の女性でボランティアを作っている。これから病院に行って、一人ぼっちの患者さんの話を、苦しい孤独感の話を、嫁の悪口でもいい、医者の悪口でもいい、返事はしない、ただ聞いてあげるだけ。そうすれば孤独感が除去されるからね。

だからぼくは、看護婦さんにもよくいうんです。

「あなた、必ず手を握ってやってくれよ。苦しい検査のときなんか手を握ってやってくれ」と。

若いお医者さんにもいうんです。

「注射するとき、苦しいときは『痛いだろうが、我慢してくれよ』っていってやってくれよ」と。

そういってあげると、患者もわかってくれると思うんです。わかってくれてるんだなと思うから我慢するんです。それを「咳するな」っていうと、「なんだ！」ということになる。まったく違うでしょう。苦しい検査のときに、

「もう半分済んだのよ、三分の二済んだのよ」っていってあげると患者は随分違う。この苦しみが永遠に続くわけじゃないんだと。理屈では永遠に続か

ないとわかっていても、苦しい時期はそう思えないものです。

底にある。

そういうときに、「半分済んだのよ」といってもらうといい。問題は心の底にある。人間の苦痛には孤独感があって、それを幾分でも除去してやってくれということ。いまの病院は、白亜の殿堂のようなのがたくさんあるし、肉体的な治療の機械はいっぱい揃っているけど、病人の孤独感というものに対してはまったく無関心なんです。名は出さないが、有名な大病院に行ってみると、なんと売店のすぐ近くに霊安室があった。無神経きわまる。

入院患者にとって、昼間は生活です。見舞い客が来たり、検査があったりいろんなことがある。けれども、夜9時になって消燈になり、真暗になると、急に生活から抜け出して、自分の人生と向きあってしまう。オレは死ぬんだろうか、オレの将来はどうなるのか、残された家族は……などとそのときは心細くてしようがないわけです。それなのに、夜勤の看護婦は二人、暗い廊下、宿直は若い医者ときている。

「夜こそそういう孤独感をぬぐってあげる医療体制を充実させた方がいいいんじゃないですか」

というと、それが法律に縛られていて、二八制（にっぱち）という看護婦の労働時間の問題やむずかしいいろんな条件がある。だからとても無理だという。実際にある病院では、団地のヘルパーを使ったりして夜を充実させようとしているけど、いずれにせよ、人間の哀しみ、孤独、心の痛みに対して、日本の病院は全体に関心をもたなすぎると思う。技術は非常に高く、世界一かもしれないけれど、人間の心のなぐさめ——病気というのは心も傷を負っているのに——それについて無関心です。しかもぼくらがそれをいうと「医学は科学である」という。

けれどもぼくは、こういう。

「医者と小説家はよく似ている。共に人間の苦しみの中に指をつっこむものだ。だから、人間学じゃないか、苦しみをもっている人たちを相手にするのだから人間学じゃないか。それなら、あなた方が人間のことをよく知らないで診察していたらどうなるか。これからどんどん病院が機械化されていって、全部機械が人間を診察するようになっていくとしても、もっと人間を知ってほしい。人間の哀しみを知ってほしい。人間の孤独を知ってほしい」ということをお医者様や看護婦さんたちにいっている。

医学部の授業の中に〝患者心理学〟なんていう講座は日本ではまったくないんです。学会の中では〝患者心理学〟なんていうのがテーマになったことはない。

「看護婦学校で〝患者心理学〟というのを勉強しますか」

ときくと、

「してます」

というから、教材を取り寄せてみたら何たる貧弱さ。ぼくがいっていることの方がよっぽど厚みがある。

ということは、この問題の根底には、日本の学問の根本的な欠陥があると思う。科学というものが、人間を離れた科学になってしまうような気がしてならない。

しかし、そういうことを非常に反省した若い医者たちがどんどん出て来ていることも確かで、こんな手紙をもらうこともあります。

「遠藤さん、あなたのいうことはもっともだ。だから一緒に手を握ってやりましょう」

でも、ぼくは小説家が本分だから、小説を書く以外に熱中することはできない。精進することはできない。だから、

「私は死ぬまで、この〝心あったかな病院〟の仕事を続けようと思うけど、誰か助けてくれる人はいないか」

と、読売新聞にかけ合いに行った。そうしたら、その社長さんが、

「それはいい、長期的にやりましょう、手伝いましょう」

といって、事業部の仕事にしてくれた。ぼくもホッとした。けれど読売新聞が助けてくれたからといって、ぼくはすぐには巨人軍のファンにはならなかったよ。

そういうことが〝心あったかな病院〟ということになったわけです。

でも、いま考えてみると、こういう偉そうなことをいったけど、もともと20年前に病気をして、大きな手術を受けた。受けたおかげで生活のマイナスがいまこんな仕事をぼくにさせてもらうもとになっている。この心、いまやっていることは、はっきりいって、ぼくの病気をしたコンプレックスがさせ

ている部分があると思う。

コンプレックスがある人間というのは、今度は、無意識の内にそのコンプレックスを解消しよう（補償作用という）として、誰かかつての自分と同じ人を助けようとするんです。

これを〝メシヤ・コンプレックス〟という。

だから、ぼくは自分の心のカラクリはわかっている。必ずしも善なる動機だけでやっているのではない。自分のメシヤ・コンプレックスの補償作用としてやっている部分もあるわけです。

それは、ぼくが小説家だから、自分の心の内側をめくってみると、ははあ、メシヤ・コンプレックスの補償だけでやってる部分も確実に心の中にあるなあ、とわかる。

でも、たとえその補償作用だけでやっているにせよ、それが病気の人のなぐさめに少しでもなるのならば、メシヤ・コンプレックスの補償も悪くないんじゃないかと思う。

自分を許し自分を愛しなさい

病気をしたおかげで、生活上のマイナスを人生上のプラスにすることができた。

あるとき、入院していたとき、病院の窓から外を見ていたら、向こう側の窓のところで、中年のおじさんが寝ているわけです。何かものうげにして。夏だったから西日が病室に入っていたのにカーテンを閉めないでいる。窓際のところに植木鉢があって、その植木の葉がダラーンとたれ下がっている。

そこへエプロンを掛けた若い奥さんらしき人が入ってきて、かいがいしく何かをやっていると思ったら外へ出かけて行った。ぼくは好奇心が強いものだからすぐ看護婦さんにきいてみた。

「あの患者は何の病気？」

「あの方は白血病です」

「じゃ、もう助からんのですか」

といったら、辛そうな顔をしてうなずいていた。

それからも、その窓を見てはいけないとは思いながらも、目はついつい行ってしまった。中年のおじさんはジーッと寝ているわけです。そして若い奥さんは、相変わらずかいがいしく食べる物など作って働いている。

そのとき思いました。近いうちにこの夫婦は、〝死〟というもので離れていかなければならない。そのとき、人間が愛しあっていても〝死〟というもので離れていかなければならない。ぼくは、どうするんだ、という怒りに満ちた気持ちで見ていました。

また、ある日、ふと見ていたら、その病人が紙で口を拭いていた。白血病というのは、歯茎から血が出たらもう悪くなっているということです。その紙をジッと見ている。

「ああ、悪くなったんだな。それじゃ、彼はやがて死ぬ。死ぬとき彼はどうするんだろう」と思った。

またある日の夕方、ぼくは寝ている彼の前に、奥さんがうつ伏せになるようにして、二人でジーッと手を握っているのを見ました。二人は手を握りあうことで二人を引き裂く〝死〟と闘っていたんだなあ、ぼくにはそう思えた。一生懸命握っていた。その光景は、もしかしたら人間の勝ちかもしれない、あるいは負けかもしれないけど、そういう光景を見た。ぼくはそれだけでも自分の傲慢な気持ちというものが直されていって、よかったと思う。

　生活上のマイナスということは、人生上のプラスになるということをさきほどいいましたが、その後ぼくは、それをだんだん一つの考えとしてもつようになっていった。この世の中で、絶対に不必要な物、無意味な物というのはないんだ、という考えをもつようになった。

　これはやや冗談めいた話だけど、ぼくのところへ、地方から来た若い卒業生がやって来て、「ぼくは会社へ入ったんですけど口下手のために……」といって少しどもるように話しながら、

「先生みたいに喋りが上手じゃないから、口下手で損してるからそれを直そうと思うんですけど、喋り上手になるにはどうしたらいいでしょうか」

　といってきた。

「喋り上手というものがもしマイナスならば、口下手である君にとってプラスなんだよ」

　といってやると、

「どうしてですか」という。

「喋り上手という性格を直そうと思ったって直らない。ぼくは小さい頃から自分の性格に嫌なところがあって、それを直そうと思ったけど直らんのだ。ここへタンコブがあるから直そうとして、そこをパンとたたくと、どこかからピョンと出てくるんだ。たとえばカミさんが嫌な奴だな、と思って別れて他の女と結婚してみると、前のカミさんのおでこへついていたタンコブが、尻についていたに過ぎないんだから。それと同じで、性格は直らないから、今度は君のマイナスをプラスにすればいい、それはできるでしょう」

といったら、

「プラスにするとはどういうことですか」

と聞くから、

「君がもし口下手というならば、聞き上手になったらどうだ。口下手の人は聞き上手になれるんだ。ぼくなんかのようなお喋りは聞き上手になれないんだ」

ぼくが他人と話をしていていちばんニクらしいのは、ぼくと同じようにお喋りの人間です。そういう人はぼくが喋ってるのに、ぼくのいうこと聞かずに喋ってくるから、段々段々ぼくの声も大きくなってくる。たとえば、瀬戸内晴美さんという人と話をしていると、ぼくがいまいってるにもかかわらず、ぼくのいう事は全然聞かないで、自分がさっき話し終わったところから話すから、ぼくはまた話す。だから、そのうち二人の話している声が段々大きくなってくる。相手を声でねじ伏せようとするからね。ところが、ぼくがいちばん好きな奴は聞き上手なんです。ぼくが何かいうと、聞きながら肯いてくれる人がいる。すると「こいついい奴だなあ」と思う。だから「君がもし口下手ならば、それを聞き上手に直せるよ」というんです。

＊

我々の世界の中には苦しいことがたくさんある。

苦しみがあるからいろんなことが進歩するんだろう。苦しみがあるから、我々には愛というものがある。苦しみというものがなかったら、我々は互いに愛するということをしないだろう。

たとえば、恋愛は苦しいから情熱が起こるんです。

不安だったり、嫉妬したり、相手を疑ったりするから情熱が起こる。この情熱は愛情とは関係ないけれども、あの女は男と遊んでいるかもしれないと思うから、情熱がぐっと燃えあがってくる。彼となかなか会えない、それが苦しいから情熱が燃えあがってくるんじゃないか。

これを愛情の方へもってくると、苦しみがあるから愛情がある。この苦しみがなくなったら倦怠(けんたい)してしまうんです。

〝心あったかな病院〟が、つきつめていくと自分のメシヤ・コンプレックスから出てきたといったけど、メシヤ・コンプレックスにしろ、自分のマイナスだった部分のおかげでいろんなことを学んだ。

病気というもののおかげで、何か大説家みたいに髪をパラッとたらして、人生、社会についてわけがわかったような顔をして話をすることが恥ずかしいというくらいのことは学んだ。

だから、これからあなたたちの人生の中でマイナスがあって、病気をしたりしたら、ときどき思い出してほしい。遠藤みたいな馬鹿だって、生活におけるマイナスを人生の中で使ったんだからと。

＊本書は一九八四年に小社より刊行されたものの新装版です。本文中、今日の観点から見ると一部差別的ととられかねない表現がありますが、著者自身に差別的意図はなく、また著者がすでに故人であるという事情に鑑み、原文どおりといたしました。

自分をどう愛するか〈生き方編〉

自分づくり

それぞれの〝私〟にある16の方法

〜新装版〜

2023年3月20日　第1刷

著　者　遠藤周作

発行者　小澤源太郎

責任編集　株式会社プライム涌光

発行所　株式会社青春出版社

〒162-0056　東京都新宿区若松町12-1
電話　03-3203-2850（編集部）
03-3207-1916（営業部）
振替番号　00190-7-98602

印刷／中央精版印刷
製本／フォーネット社

ISBN 978-4-413-29823-0

ほんとうのあなたに出逢う ◆ 青春文庫

お茶の時間の1日1話
心のひと休み

疲れや緊張が消えない……そんなとき、ほんのちょっとの「ひと休み」が効くのです。気持ちがラクになる74の言葉。

植西 聰

(SE-811)

他人(ひと)にも自分にもやさしくなりたいあなたへ
人間関係のモヤモヤから抜け出し、ラクに生きる方法

人間関係の悩みは、自分の中の〝トラウマ〟が生み出していた!? 精神科医が教える「自分も周りも大事にするためのヒント」。

長沼睦雄

(SE-812)

とびっきりのネタ満載!
天下無双の大人の雑学

面白くて教養になる!
雑談力で一目おかれる!

話題の達人倶楽部[編]

(SE-813)

「カノッサの屈辱」を30秒で説明せよ。
世界史を攻略する86の〝パワー・ワード〟

読めばそのまま頭に入る!
大人のための世界史のツボ!

おもしろ世界史学会[編]

(SE-814)